谷川 徹三

宮沢賢治の世界

法政大学出版局

目次

宮沢賢治の世界

雨ニモマケズ

昭和十九年九月二十日
東京女子大学における講演

演題は「今日の心がまえ」となっておりますけれども、実は一人の人について、その一人の人についても、特にその一つの詩について私はお話いたしたいのであります。その一人の人というのは宮沢賢治、そしてその一つの詩というのは「雨ニモマケズ」という、あの詩であります。宮沢賢治については既に皆さんも御存知と思います。またその「雨ニモマケズ」の詩も御存知の方が多いと思います。宮沢賢治の作品は、或るものは映画になったり、芝居になったりしていますす。今日ではそのほとんど完全な全集も出ておりますし、この人について書かれた書物も既に四、五冊は出ております。そういう人について、しかも、その最もよく知られた詩について、ここで改めて私がお話いたしたいというのは、この人がもっともっと知られてよい人であり、そしてその詩がもっともっと知られてよい詩であると思うからであります。念のために私は先ずその詩を一度ここで朗読いたします。

雨ニモマケズ
風ニモマケズ
雪ニモ夏ノ暑サニモマケヌ
丈夫ナカラダヲモチ
欲ハナク
決シテ瞋ラズ
イツモシヅカニワラツテヰル
一日ニ玄米四合ト
味噌ト少シノ野菜ヲタベ
アラユルコトヲ
ジブンヲカンジヨウニ入レズニ

雨ニモマケズ

ヨクミキキシワカリ
ソシテワスレズ
野原ノ松ノ林ノ陰ノ
小サナ萓ブキノ小屋ニヰテ
東ニ病気ノコドモアレバ
行ツテ看病シテヤリ
西ニツカレタ母アレバ
行ツテソノ稲ノ束ヲ負ヒ
南ニ死ニサウナ人アレバ
行ツテコハガラナクテモイイトイヒ
北ニケンクワヤソシヨウガアレバ
ツマラナイカラヤメロトイヒ
ヒデリノトキハナミダヲナガシ
サムサノナツハオロオロアルキ

ミンナニデクノボウトヨバレ
ホメラレモセズ
クニモサレズ
サウイフモノニ
ワタシハ
ナリタイ

この詩を私は、明治以来の日本人の作った凡ゆる詩の中で、最高の詩であると思っています。もっと美しい詩、或はもっと深い詩というものはあるかもしれない。しかし、その精神の高さに於いて、これに比べ得る詩を私は知らないのであります。この詩が今日の時代にもつ殆ど測り知ることのできぬ大きな意味——これは結局宮沢賢治という詩人が今日の時代にもっている意味でありますが、それを私はここでお話いたしたいのであります。

私が今日こういう話をいたしますのには、今申しました理由のほかに、もう一つ理由がある。と申しますのは、恰度十二年前の今日九月二十日という日、宮沢賢治はその最後の病の床にあり、明けて二十一日の午後一時半、遂にこの世を去った、そういう因縁があるからであります。昭和八年であります。宮沢賢治はその時三十八歳でありました。その前々年、即ち昭和六年九月に賢治は、その時自分の従事していた仕事の用で東京に出てまいりました。もともと昭和三年の秋からその年の三月まで胸の病気で臥ていたからだであり、その頃も仕事の無理がたたって微熱がつづいていたらしく、家の人達はあやぶんでいたのですが、押して出てきた。ところが、その夜行の列車の中で発熱、駿河台の八幡館という旅宿の一室に遂に再び病臥する身となったのであります。それから一週間ばかりして、病のからだをそのまま故郷の花巻に帰りはしたのですけれど、爾来死ぬまでずっと殆ど病床で暮しました。この「雨ニモマケズ」の詩は、その昭和六年九月発熱病臥して間もなく十一月三日に、病床で手帳に書かれたものであります。恐らく仰向きに臥たままで書かれたものでありましょう。その手帳は死後発見されたもので、鉛筆で書かれたその一部は今日二三の書物に写真版で載っていますから、皆さんの中にはそれを御覧になった方もあるかと思います。今も申しましたようにこの詩は十一月三日に書かれたものですが、十一月三日に書かれたというのも私には偶然とは思えない。十一月三日という日は私共——宮沢賢治と私とは一つちがいで、所こそちがえ、共に明治時代に小学校と中学校の大半を過したものですが、そういう明治の私共には、忘れることのできない天長節の日であります。この懐しいかつての天長節の日に、賢治がこの詩を書いたということに、私は大きな意味を認めたいのであります。というのは、これを私は簡単に詩と呼びましたが、それは詩の形をしているからそう申したので、賢治自身のこれを書いた気持は詩を書くというような気持ではなく、もっとじかに、自分の心の奥の最も深い願いを自分自身に言い聞かせる、というような気持ではなかったかと思います。とにかく、ここには、人に見せるという気持は少しもない。これは全く自分のためだけに書いたものです。その意味では願いであると共に祈りであります。その祈りの心の切実さがわれわれを打ったのであります。詩にはもともとそういうものがあります。しかしそれを斯くも純粋な表現にまで押出したその心の昂揚に、この十一月三日という日にからまる感情が作用していることを私は感じます。* これは明治の最も栄ある時代に少年時を過した者だけが感じ得ることかも知れません。

* 今はもうこうは思っていないが、当時はそう思っていたのでそのままにして置く。

とにかく、この詩でない詩、そして同時に詩の中の詩であるこの詩は、かようにしてできたのでありまして、この詩のそのような性質は、この詩の書かれている手帳のほかの詩を見る時一層はっきりするかも知れません。

この夜半おどろきさめ
耳をすまして西の階下を聴けば
ああまたあの児が咳しては泣き
また咳しては泣いて居ります
その母のしづかに教へなだめる声は
合間合間に絶えずきこえます
あの室は寒い室でございます
昼は日が射さず
夜は風が床下から床板のすき間をくぐり
昭和三年の十二月
私があの室で急性肺炎になりましたとき
新婚のあの子の父母は
私にこの日照る広いじぶんらの室を与へ

じぶんらはその暗い
私の四月病んだ室へ入つて行つたのです
そしてその二月
あの子はあすこで生れました
あの子は女の子にしては心強く
凡そ倒れたり落ちたり
そんなことでは泣きませんでした
私が去年から病やうやく癒え
朝顔を作り菊を作れば
あの子もいつしよに水をやり
時には蕾ある枝もきつたりいたしました

……………………………………………………………………

……………………………………………………………………（中略）

ああいま熱とあえぎのために

心をととのへるすべをしらず
それでもいつかの晩は
わがないもやと言つて
ねむつてゐましたが
今夜はただただ咳き泣くばかりでございます

ああ大梵天王
こよひはしたなくもこころみだれて
あなたに訴へ奉ります
あの子は三ツでございますが
直立して合掌し
法華の首題も唱へました
如何なる前世の非にもあれ
ただかの病かの痛苦をば

私にうつし賜はらんこと

これは十月二十日の日附をもつもので、自分の病苦を忘れて幼い姪のために祈っているものであります。十一月六日の日附をもち、「疾ミテ食摂ルニ難キトキノ文」と副えがきのあるものは、

コレハ諸仏ノオン舎利ナレバ
一粒ワガ身ニイタダカバ
光明身ウチニ漲リテ
病カナラズ癒エナンニ
癒エナバ邪念マタナクテ
タダ十方ノ諸菩薩ト
諸仏ニ報ジマツラント
サコソオロガミマツルナリ

更にもう一つ日附のないものを読んで見ましょう。

わが胸のいたつき
これなべての人
また生けるものの
苦に透入するの門なり

仰臥し右のあしうらを
左の膝につけて
胸をみたして
合掌し奉る

忽ち
われは巌頭にあり

飛瀑百丈
我右側より落つ
幾条の曲面
汞の如く
亦命ある水の如く
漟漟轟轟として
その脚を見ず
わが六根を洗ひ
毛孔を洗ひ
筋の一一の繊維を濯ぎ
なべての細胞を滌ぎて
また病苦あるを知らず
われ恍として
前湾に日影の移るを見る

これらの詩を説明する必要はありますまい。ただこれらの詩が、それぞれその性質を異にしながら、いずれも祈りの心の切なさをもっていることを注意し、「雨ニモマケズ」が、その同じ心から生れたものであることを、皆さんにもう一度はっきりわかっていただきたいのであります。こうして臥ついたまま、時に気分の勝れた時などには、起きて歩いたり、ものを書いたりいたしましたけれども、結局、この時の病気に打克つことができないで、昭和八年九月二十一日に賢治は死んだのであります。

その最後の時の様子を序でにもう少しくわしくお話いたして置きましょう。

これは佐藤隆房という賢治の主治医であった人が、賢治の家の人から聞いたところを記しているものに拠っているのでありますが、二十日に愈々容態が悪くなった。自分でも死の近いことを自覚し家人もそれを気附いた。それで父親に枕許に来て貰って——お父さんという人も浄土真宗の篤信者でなかなか立派な人だそうですが——いろいろ話し合ったのであります。その時に、病室の置戸棚と枕許にある、うず高い原稿を指して、これは自分の今までの迷いの跡であるから、どうにでも適当に処分して頂きたい、ということを言った。こういうところにも賢治の普通の詩人と違った心がまえが見られるのであります。尤もこの点、賢治の心理は単純ではないようでありまして、同じ日の晩、弟の清六氏を呼んだ時には、その原稿の中の特に詩と童話とを、これはお前にやるから、俺が死んだ後どこかの本屋で出したいという所があったら出したらいい、しかしこちらから持ってゆくには及ばない、向うから何かいってくるまでそのまま預かってくれ、という意味のことを言っている。その言葉と父親に言った言葉との間には、なにか矛盾があるようにも考えられます。しかし、私は賢治の心の最も深所における気持は、恐らく今までの書いたものを迷いの跡と言ったところにあったろうと思うのであります。そしてその心こそ「雨ニモマケズ」を書いた心であると思うのであります。

話は前後しますが、父親にそういう風に言ったその夕方七時頃、近くの村の人が一人、賢治を訪ねて来ました。肥料のことでお聞きしたいことがあると言うのであります。重態の病人でありますから家人は躊躇しましたが、とにかく、その旨を賢治に伝えますと、そういう人ならばどうしても自分は会わなければならないと、直ぐ床から起きて、着物を着かえて玄関に出て、そうとは知らぬ村の人のゆっくりした話を、少しも厭な顔をしないで聞いて、そうして肥料の設計に就いてのくわしい指示を与えてかえした。――賢治は大正十五年三十一歳の時、それまで勤めていた花巻農学校教諭の職を辞し、町外れの下根子桜という地に自炊をしながら、附近を開墾して半農耕生活を始めたのでありますが、やがてその地方一帯の農家のために数箇所に肥料設計事務所を設け、無料で相談に応じ、手弁当で農村を廻っては、稲作の実地指導をしていたのでありま す。昭和二年六月までに肥料設計書の枚数は二千枚に達していたそうで、その後も時に断続はありましたけれども死ぬまで引続いてやっていたのであります。しかもそういう指導に当っては、自らその田畑の土を取って舐め、時には肥料をも舐めた。昭和三年肺炎で倒れたのも、気候不順による稲作の不良を心痛し、風雨の中を徹宵東奔西走したための風邪がもとだったのでありまして、その農民のための仕事を竟に死の床にまで持ち込んだのであります。

私は茲で簡単に宮沢賢治という詩人の、日本文学の歴史に於ける意味とその位置とをお話したいと思います。この人の詩は、詩ばかりでなく童話に就いてもそう言えるのでありますが、その中にいわば巨大な星雲を蔵している。それはその中から形而上学の星をも生むことができるようにも見えれば、時には科学の星を生むことができるようにも見えるそういう星雲です。勿論そのものは形而上学でもなく、科学でもなく、甚だ感覚的でさえある表現をとっておりますけれど、そういうものがまだ分れ出ない前の、凡ゆるものが萠芽のままで渦巻き動いておる混沌の状態であります。彼は「風とゆききし雲からエネルギーをとれ」とか、「正しく強く生きるとは、銀河系を自らの中に意識してこれに応じて行くことである」とか、「農民芸術概論綱要」の中で言っていますが、その詩や童話を見ると、実際にそういうところがある。これを大宇宙的感覚と名づけてもよいので、自然との交感といっても、これは大宇宙の原素的なものとの交感交流であります。その素朴な表現は、昔の日本でも人麿の歌や芭蕉の俳句などに見られますが、しかしそこには、星雲的実体はない。つまり動き渦巻いているものがないので、全体にもっと沈静であります。ヨーロッパには古代ギリシャの時代からそれがあった。そしてそういう詩の中から形而上学が生まれ、科学の胎動さえそこにうかがえる。日本の詩歌は、そういう潜在的なものを含んでいなかった。明治以後、われわれがヨーロッパの詩や哲学を受け入れて以後、日本の詩にも時たまそういうものが現われるに過ぎません。といってもこれは別に文学的価値の問題ではないので、そういう感覚のあるものが、それだけでそういう感覚のないものよりまさっているなどということにはならない。人麿や芭蕉はそれとして独自の世界を築いた大詩人で、西欧の一流の詩人達にもひけをとらない、従って賢治をも加えて明治以後のあらゆる詩人が、この二人の前では姿が小さくなるほどの人であります。しかしそれにもかかわらず、そういう新しい感覚の現われが日本の文学の歴史に新局面を開くことになったのは確かで、そして、それが宮沢賢治におけるように独創的な形で現われた例はかつてないのであります。そこに私は宮沢賢治の日本の文学の歴史における第一の意味を見ることができると思うのであります。

dah-dah-dah-dah-dah-sko-dah-dah
こよひ異装のげん月のした
鶏の黒尾を頭巾にかざり
片刃の太刀をひらめかす
原体《はらたい》村の舞手たちよ
若やかに波だつむねを
アルペン農の辛酸に投げ
ふくよかにかがやく頬を
高原の風とひかりにささげ
菩提樹皮《まだかは》と縄とをまとふ

気圏の戦士わが朋たちよ
青らみわたる灝気をふかみ
楢と椈《ぶな》とのうれひをあつめ
蛇紋山地に篝をかかげ
ひのきの髪をうちゆすり
まるめろの匂ひのそらに
あたらしい星雲を燃せ
dah-dah-sko-dah-dah
肌膚を腐植と土にけづらせ
筋骨はつめたい炭酸に粗び
月月に日光と風とを焦慮し
敬虔に年を累ねた師父たちよ
こよひ銀河と森とのまつり
准平原の天末線に

さらにも強く皷を鳴らし
うす月の雲をどよませ
HO！HO！HO！
……………………………（下略）

これは「原体剣舞連《はらたいけんばいれん》」という、やはり賢治の詩の中で最もよく知られている詩の一節――というより、正確にいえば上半分であります。原体とは岩手県江刺郡田原村の一部落の名で、そこに古くから伝わっている剣踊りを歌ったものですが、弦月の下の高原に篝火をたいて踊る荒々しい原始舞踊をその周囲の自然と共に見事にうたっています。かつてこの詩について「原始林の匂いがプンプンする」と言った人がありましたが、ここでは踊りを踊りとしてだけとらえているのではない。周囲の自然と呼吸を一つにしたものとしてとらえている。そしてその自然はまた単なる自然の風物としてこれをとらえているのではない。大宇宙の運行と呼吸を一つにしたものとしてとらえている。ここでもその交感と交流とのダイナミックスの中に大宇宙的感覚が見てとれる。

童話の中にもこの感覚は時に不思議な形であらわれます。たとえば「銀河鉄道の夜」というのはその一例ですが、これはわれわれがよく月の夜や星の夜に感ずるあの漂渺とした夢幻的感覚を描きながら、それをやはり大宇宙との交流感にまで高めている。こういう幻想には仏典の影響のあることを私は感ずるのでありまして、それは賢治の教養からすれば容易に考えられることでありますが、しかしそこにはもっと原初的で本質に根ざしたものがある。自然に花が咲いたようなそういう美しさがあるのであります。賢治は好んで天文学や地質学や物理化学の専門学術語を使います。ここでもそういう学術語の自由な駆使をもって、賢治の大宇宙的感覚が科学的知識から生れたもののように考える人が或はあるかも知れません。が、そうではないのです。むしろその逆で、根原の体験としての大宇宙との交感がその内面の必然性からそういう科学上の用語を使わせているのであります。科学的知識によって想像力がかき立てられ、自然が一層身近に生きたものとなったということはあるでしょう。そこに古い日本の詩歌に見られる素朴な表現とのちがいも出て来ているでしょう。「楢ノ木大学士の野宿」では、山や岩石の生成について、「風の又三郎異稿」では、大循環の風について、相当くわしい科学的説明があり、それが童話の内容の大きな部分を占めていますし、また「真空溶媒」のような詩では、それが全く異質な造型性をもってあらわれている。

雲はみんなリチウムの紅い焰をあげる
それからげはしいひかりのゆきき
くさはみな褐藻類にかはられた
こここそわびしい雲の焼け野原
風のヂグザグや黄いろの渦
そらがせはしくひるがへる
なんといふとげとげしたさびしさだ

しかしこれらのあらゆる表現が、その根源は常に、すでに引いた賢治の言葉をもう一度借りれば、「風とゆききし、雲からエネルギーを取」ったところから由来しているので、その意味では科学的知識は主人ではなくて下僕なのであります。賢治はよく独特な擬音を使います。「原体剣舞連」のdah-dah-dah-dah-dah-sko-dah もそうで、こういう擬音の中にも、彼が大宇宙の原素的なものといつも生き生きと交感交流していることを、私は感ぜしめられるのであります。

第二には、宮沢賢治の文学が賢者の文学としての性格を顕著にもっておる点であります。賢者の文学という言い方は、これは私の言い方であって、まだ一般に承認されておる言い方ではありませんが、明治以後の日本の文学の主流はどういうところにあったかというと、これは明治以後の日本の文学の中心が小説にあったという事実と切り離せないのでありますけれども、常人以上に煩悩の虜となり、常人以上に過ちを犯し、常人以上に弱い人間、つまり生活者としての資格に欠けている人間の文学でありました。そういう人達の文学も勿論大きな意味をもっている。それは人間の弱さを描くことによって、誰の中にもある最も人間的なものを、謂わば拡大鏡にかける。そしてそれによってわれわれを神に面せしめる。そういう意味をもっております。デカダンスが神に通ずる一つの道であるように、これもまた神に通ずる一つの道であります。人間はいつでも強さに依って神に繋がるのでなく、弱さによって神に繋がる。長所によって神に繋がるのでなく、短所によって神に繋がるのであります。その意味においてわれわれの魂の最も深い所に触れるものをもっておりますけれども、しかし、一言にして言えば、これは生活者の文学、実践者の文学ではない。そしてそれは、一つ読み方を誤れば直ちに悪徳の文学となるような性質をもっておりました。その中に毒をもっておるようなものでなければ本当によく効く薬とはならないということは、文学の世界でも言えることで、明治以後の日本の新文学が、その中にもっておる毒によって却って薬としての効能をあらわしたということも争えない事実でありましょう。しかし、それにもかかわらず、明治以後の新文学は、常人以上に煩悩の虜となっている人達の文学であり、生活者としての資格に欠けている人達の文学であり、一歩読み方を誤れば直ちに悪徳の文学となるような、そういう性質のものであったのであります。そういう文学に対して、生活者の文学とでもいうべきものがなかったわけではありません。私はここではありふれた通俗大衆文学については申しません。こういうものは大抵中味は空っぽで、その説くところの道徳も型にはまっている。がそういう通俗大衆文学を除いても、そういう文学がまるきりないわけではなかった。例えば、武者小路実篤の文学であります。武者小路実篤の文学の中には、はっきり賢者の文学の面影を見ることができる。私のここで賢者というのは人間的な弱点のない人のことではありません。私は人間だ、人間的ないかなるものも私には無縁でない、という言葉を私は愛好しているので、そんな人には私は興味がないし、そんな人に文学の仕事ができようとは思いません。ただ、それは生活者として健康であると共に、常に道を求めて已まない人でなければならない。そしてその意味における賢者の文学を武者小路さんの文学の中に私は見出すことができると思う。しかし、その性質を武者小路さんの場合ともちがった非常に独創的な形で備えているのが、宮沢賢治の文学であります。それは決して堅苦しい文学ではない。それどころか奔放な空想と明るいユーモアとに満ちている文学です。これは少しでも彼の詩や童話をお読みになった方はすぐうなずかれることと思う。賢者の文学の賢者の文学たる所以はそういう現象にはかかわりないので、それはもっと深い本質に根ざすものなのであります。

賢治は、童話集「注文の多い料理店」を出版した時、自分で書いた広告の文章の中で次のように言っております。これは全集ではまちがって童話集全体の序文となっていますが、実際そう見ることもできるようなもので、彼の童話の本質を十分に語っているものであります。

一、これは正しいものの種子を有し、その美しい発芽を待つものである。而も決して既成の疲れた宗教や道徳の残滓を色あせた仮面によって純真な心意の所有者たちに欺き与えんとするものではない。

二、これらは新しいよりよい世界の構成材料を提供しようとはする。けれどもこれは全く作者に未知な絶えざる驚異に値する世界自身の発展であって、決して畸形に捏ねあげられた煤色のユートピアではない。
三、これらは決して偽でも仮空でも窃盗でもない。多少の再度の内省と分析とはあっても、たしかにこの通りその時心象の中に現われたものである。故にそれはどんなに馬鹿げていても難解でも、必ず心の深部に於て万人の共通である。卑怯な成人達に畢竟不可解なだけである。
四、これは田園の新鮮な産物である。我等は田園の風と光との中からつややかな果実や青い蔬菜と一緒にこれらの心象スケッチを世間に提供するものである。

ここには創作者としての賢治の態度が生活者としての賢治の態度と一つになっているのであります。

武者小路さんの文学を賢者の文学としているその大きな理由は、武者小路さんが「新しい村」をつくろうとした、あの生活者としての情熱にあるのであります。ここではその「新しい村」が巧く行ったか行かなかったかは問題ではありません。ああいうものを自分でつくった、そしてその中に飛び込んだ、というところに生活者としての武者小路さんの面目を見るのであります。そこにも夢想がある。むしろ夢想が発条になっている。しかしとにかく実践した。その実践に意味があるのであります。その実践を、宮沢賢治は自分の生れた地方の農民達の友としてしたのであります。実際、賢治の文学は、その生れた東北地方と離して考えることはできません。詩の大部分は、その地方の自然と風物をうたったものですし、その社会的関心も、この地方特有の問題といつも具体的に結びついております。「雨ニモマケズ」の中に「サムサノナツハオロオロアルキ」という言葉があって、この言葉が時どき問題になるようですが、これは東北地方の冷害を知っている人には、直ぐ分る言葉であります。この冷害について如何に賢治が心を痛めていたかは、彼の詩の中にも、これに関するものが沢山あることによって知られますし、童話「グスコーブドリの伝記」では、主人公ブドリは、この冷害予防のために、人工的に火山を爆発させ、その作業に自ら進んで自分の身を犠牲にするのであります。賢治はそういう英雄的な死に方はしなかった。しかし賢治の文学はどこまでも実践者の文学であり、その死も実践者の死であったと私は考えております。もし賢治が早く東京に出て来て、文壇という一特殊社会の中に入っていたら、こういう存在となることは決してできなかったでしょう。明治以後には地方文学というものが殆ど発達しませんでした。もし地方文学という言葉が、文学的意義の大小にかかわりないとしたら、宮沢賢治の文学は地方文学の真の役割を果したものということができるでありましょう。そしてそれを賢者の文学としての意味に次いで、賢治の文学の第三の意味に数えても或はよいかも知れません。

この三つは互に無関係ではありません。「農民芸術概論綱要」の中には「正しく強く生きるとは銀河系を自らの中に意識してこれに応じて行くことである」とか「まづもろともにかがやく宇宙の微塵となりて無方の空にちらばらう」というような言葉が見えますが、これらの言葉の中に、賢者の文学の謂わば形而上学的基礎が、大宇宙的感覚ときりはなしがたく結びついていること、そしてそこで賢治に目ざされているものは何よりも先ず農民の、農民による、そして農民のための文学であったことが、語られているのであります。問題は目ざされたものより実現されたものにあるのでありますが、実現されたものがこの場合には目ざされたもの以上になっている——つまり意識より本能が一層大きな役割を演じている。そしてそれこそ実に賢治の天才を語るものなのであります。

この人は相当輪郭の大きな人であります。純粋な形姿として今もわれわれの前にありますけれども、輪郭は大きい。従ってこの人の意味はまだまださまざまな方面から見ることができるでありましょう。しかし最も大きな文学的意味は、以上の二点或は三点にある、そしてさっき朗読いたしました「雨ニモマケズ」の詩は、賢者の文学としての賢治の文学の特色を、最も純粋に最も高い精神で打ち出したものであると私は考えております。何よりも、この詩の中に現われている願いの誠実に私は頭を下げるのであります。それ以上に、そういう者になりたいと言った、そういうものに事実賢治がなった、というところに一層頭を下げるのであります。

明治以後われわれは幾多偉大な文学者達をもちました。しかし、その人の墓の前に、本当にへりくだった心になって跪きたいという人を私は賢治以外にもたないのであります。鷗外とか漱石とかいう人達は文学者としても、人間としても、立派な人でありました。偉人と呼んでいい人でありました。しかし、私は鷗外の墓の前にも、漱石の墓の前にも、本当にへりくだった心をもって跪きたいとは考えません。しかし、賢治の墓の前には私は跪きたい。

数年前ですが、北海道に参りました帰り、かねて念願の花巻に寄って、私は、この「雨ニモマケズ」の詩の後半を刻したその詩碑の前に心から額づきました。

その日のことを私は今以て忘れることができません。日記を繰って見ましたら、昭和十五年の十月十二日でした。碑の前の石の花立には穂の出た薄や赤い実のついた梅もどきや紫苑がさしてあり、竹に白紙でこしらえたヌサが立っていました。九月二十一日には毎年碑前で催しがあるので、その時の名残りででもあったのでしょう。碑の左手には、五、六本の赤松があって陰をつくり、その僅かに開かれた地域の周囲も十数本の栗の木の向うは松の林でありました。東南の一方が稍透けて、北上川が松の間に水面をチラチラ光らせていました。日記には「ひとり碑の前に立って涙とどめあえず」と書いてあります。

私は賢治を知って既に十年になりますが、賢治の生前竟にその人を知ることができず、これを非常に残念に思っているものであります。しかし死後直ぐその作品に接し、それ以来この人に対する感情は年と共に愈々昂まるのを覚えます。私はこの人が、今日人々の思っているより遥かに偉大な人であることを信じていますが、その私の思っているより実際はもっと偉大な人ではないかと思うのであります。透谷とか、一葉とか、啄木とか、死後その名の益々喧伝されている存在がありますす。しかし、それらの何びとにもまして賢治の名は、歳月と共に益々大きくなる名ではないか、そう私は思っています。

人間の偉さということが、その社会的地位にもなければ、その所謂事業にもないということは、一応誰でも分っているように考えていながら、実際の世間では評価の基準は依然としてそこにある。本当に分るということはそれほど難かしいことなのであります。私自身今分っていると思っていることを、もっと年を取ったら、あの時分には本当には分っていなかったのだと思うようになるかも知れない。こういう思いは、私共古典に接する度毎にいつも感ずるのであります。論語とか、老子とか、万葉とか、芭蕉とか、こういう永遠の書物については、昔は分ったと思っていたことが、五年十年の歳月を経て読み返して見ると、あの時は本当には分っていなかった、やっと今分った、という個所に到る所で出あう。ところが更に五年なり十年なり経って読み返してみると、同じ思いをまた繰り返すのでありまして、永遠の書物というものは、自然のようにそれに接する度毎に、何かそこに今迄気づかなかった新しいものを気づかせるのであります。これが古典の真に古典たる所以でありましょう。そういう古典として明治以後の文学のどれだけが遺るかを私は疑うものでありますが、賢治の作品が、そういう古典として遺るということは、私は今日ではいささかも疑っておりません。

私は「今日の心がまえ」という主題から非常に離れたようであります。主題に少しも触れなかったではないか、と思っておいでの方もあるかも知れない。しかし「雨ニモマケズ」の精神、この精神をもしわれわれが本当に身に附けることができたならば、これに越した今日の心がまえはないと私は思っています。今日の事態は、ともすると人を昂奮させます。しかし昂奮には今日への意味はないのであります。われわれは何か異常な事を一挙にしてなしたい、というような望みに今日ともすると駆られがちであります。しかし今の日本に真に必要なことは、われわれが先ず自分に最も手近な事を誠実に行うことであります。昔の武士達は、平常時には異常時の心がまえを、異常時には平常時の心がまえをもつようにと教えております。事実昔の武士達はその心がまえで生き且死んだのであります。平常心是道という言葉が東洋の古い言葉にあります。これは人人が非常の場合に絶えず臨み、生死の境を幾度も潜ってこなければならなかった時代に生れ、愛好された言葉でありまして、それだけに今日のわれわれがもう一度嚙みしめるべき言葉であると私は思います。

もし今日の日本人の一人一人が、自分のもっておる何かの欠点を、たった一つでもいい、本当に直したいという決心をし、その決心を実現することができたとしたら、実に測り知れぬ国力の充実になると私は思います。ところが、たった一つの欠点でも、これを直すということは誠に難かしいことで、それこそ大勇猛心を必要とすることであります。日本人全体とは申しません。ここにおいでの皆さんが、もし自分の中のただ一つの欠点でも本当に直したいという大勇猛心を起されて、そしてそれを本当に直し了せることができたとしたら、それは日本の国力をどれほど増すことになるか分らないと私は思います。われわれの身近な事というものは、それ程大きな意味をもち、そしてその毎日毎日の身近な事を立派にやり了せるということは、それ程困難なことなのであります。

こういう話があります。江戸時代の末に近い頃、朝鮮から幕府に使節が来るのを迎えるため、時の大学頭林述斎が対馬まで出向いた時のことであります。博多から対馬に行く途中嵐に遭って、今にも船が覆りそうになった。船中の人達は、うろたえたり、騒いだり、或は汚い物を吐いたり、さんざんのていたらくであった。そういう中で松崎慊堂――述斎の弟子で漢学者として後に名をなし、渡辺崋山がその肖像を描いている人です――その松崎慊堂は、年少気鋭の時でありましたので、ひとり舳に立って詩を吟じ、意気軒昂たるところを示していたのでありますが、ふと師匠の述斎は今どんなにしているだろうかとその船室に行って見ますと、述斎は室の中で一人静かに本を読んでいた。慊堂は我が意を得たとばかり、先程からの意気軒昂たるところを見せて「先生、実に愉快ではありませんか、これでもし江南の地にでも漂着したら、彼の地に於いて文人学者達と会談し、先生の学識を広く宇内に認めさせることもできるというものです。」船が唐土へでも漂着した時の事を想像して気焔を揚げたのであります。すると述斎は慊堂をジロリと見て「お前は少し気が変になっているな。事に臨んで強きに変ずるのは、弱きに変ずるのと五十歩百歩だ。自分はただ与えられた任務を完うせんことをのみ願っているのだ。」そう戒めたという話であります。

この話は、今日の事態に於いても意味深い話であると私は考えます。事に臨んで強きに変ずるのは弱きに変ずるのと結局同じことだ。強がりをいうのは平常心を失っているのであって、腹の据わっていない証拠である。それでは臆病風に吹かれるのと五十歩百歩であります。如何なる場合に臨んでも、平常心を失わない、これが本当に腹の据わった人の態度であります。日常手近な事を誠実におこなって行くのを、如何なる時にも人間生活の本道と今更考えるのは、今日のような時代には、それがともすると忘れられがちになるからであります。しかし、だからこそ尚更それを言わねばならないのであります。

こういう考え方を私はさっき人間の偉さと結びつけて問題にしましたが、これは人間の偉さを考えるような考え方とは、少しちがったところに考えの焦点を置いているのであります。人間の偉さという考えには神に対する傲慢がどこかに隠されている。神に対する反逆と時には言ってもいいかも知れない。偉大だけを問題にすれば悪魔にも偉大性はあるのであります。私が宮沢賢治によって考えている人間の道は、どこまでも神からの道であり、また神への道であります。宮沢賢治は法華経の信者でありましたから、神と言わないで仏といってもよろしいが、私がここで神というのは、その仏をも含んだ総称であります。その神に常に面をあわせている――その神の前に常にへりくだった心であります。

こういう考え方からもまた人間の偉さが問題にならないではありません。しかしそこには直ちに価値の転換が行われねばならない。そして「ミンナニデクノボウトヨバレ」るような人が、そこでは偉い人にならねばならない。

この道は、実を申せば、名も知れぬままに朽ち果てた幾多のわれわれの先祖達の道だったのであります。宮沢賢治が、「サウイフモノニワタシハナリタイ」と願ったそういうものは、遠い昔から日本の歴史に数知れずあったのです。今でも恐らく、山の中の萱ぶきの家に、町裏の長屋の中に、そういう人がいることを私は信じております。ただそういう心がまえが――そういう風に生きることが、本当の人間の生き方だということを本当に知ることは、これはまた別のことであります。そういう人達の中には、そういう自覚なくして生き、そして死んで行った人が沢山あったでありましょう。そういう自覚なくして生き、そして死んで行った人は、それだけ一層偉かったともいえます。

しかしそうではなくて、世間的な名聞を憧れたらそれが得られ、社会的地位を願ったらそれが得られるような人が、そういう憧れや願いをたって、自ら進んでその平凡者の道に生きようとした場合、それはどういうことになるか。シエストフはトルストイについて、彼こそ「あらゆる手段をつくして平凡に到達しよう、凡人にまでなり下がろうとした天才の唯一の例を示している」と言っております。唯一の例という言葉には誇張があります。トルストイは、たまたま文学の世界でその偉大を実証したから、彼が平凡人の道を求めたことがわれわれにははっきり知られたのでありますが、世の中にはトルストイに匹敵するほどに偉大な資質をもちながら、たまたま文学の世界と関係のなかったために、トルストイと同じ道を求めながら世に知られないでしまった人がどれくらいあるかを、私はひそかに思ってみるのであります。

思想というものは、いつでも否定の働きを伴っていまして、否定の働きを伴っていないところに思想はないと言ってもよい。でありますから、そういう世間的な地位とか、栄誉とか、そういうものを人間の偉さの資格として考えることを一応肯定しながら、それを更に否定するという、その思想の働きによって初めてそういう平凡人の道を本当の人間の道とすることが思想として確立されるのであります。無意識というのは、否定のない状態であります。そこからわれわれが、例えば人間の偉さとはどういうところにあるかというような問題を考えようとする場合、無自覚に平凡人の生活を送ったような人間の中にその実証を見ないで、一応トルストイのような人の中にその実証を見ようとするのは、これは間違ってはいない。否定は謂わば鍛えであります。その鍛えによって初めて一つの思想は確かにされるのであります。そしてその作用によって初めて、それを自覚しないで人間の本当の道を歩んだ名もない人間の意味も明らかにされるのでありす。そういうところに私はトルストイの存在の大きな意味を認めるものであります。

宮沢賢治の存在も、私はその意味に於いてこれを大きく認めることができると思う。賢治にはトルストイの悲劇はありませんでした。トルストイの巨人的偉大も賢治にはない。純粋と素朴とが賢治の本質です。それが彼に小説を書かせないで詩と童話とを書かせたのです。しかしその純粋と素朴とは、さっき私が言った名もない民の心のそれではありません。そこに賢治もまたトルストイと同じ努力を——あらゆる手段をつくして平凡に到達しよう、凡人にまでなり下がろうとする努力をしたので、その実践者として、彼はトルストイのような矛盾を示しはしませんでしたけれど、なお且内心の戦いを不断に戦ったので、「雨ニモマケズ」はその彼の内心の祈りだったのであります。その心からすれば、このような詩でない詩が、今もなおこんな風に採り上げられていることを彼は喜ばなかったかも知れない。どんな人に対しても謙虚に対したというあの気質から、恥かしいことだと地下で思っているかも知れない。しかし、人類の精神的財産というものは、実はそういうふうにして作られるものであります。わたくしのものが公にせられ、秘密のものが明るみに出され、無意識なものの意味が意識される。そこに人類の精神的共有財産は初めて作られるのであります。私が恐らく宮沢賢治自身の意志に反しても、この詩の、また宮沢賢治の文学の今日における大きな意味を知って頂きたいと思うのは、その故であります。

そこで最後にもう一度「雨ニモマケズ」を朗読して、この話を終りたいと存じます。

雨ニモマケズ

雨ニモマケズ
風ニモマケズ
雪ニモ夏ノ暑サニモマケヌ
丈夫ナカラダヲモチ
欲ハナク
決シテ瞋ラズ

イツモシヅカニワラツテヰル
一日ニ玄米四合ト
味噌ト少シノ野菜ヲタベ
アラユルコトヲ
ジブンヲカンジヨウニ入レズニ
ヨクミキキシワカリ
ソシテワスレズ
野原ノ松ノ林ノ陰ノ
小サナ萱ブキノ小屋ニヰテ
東ニ病気ノコドモアレバ
行ツテ看病シテヤリ
西ニツカレタ母アレバ
行ツテソノ稲ノ束ヲ負ヒ
南ニ死ニサウナ人アレバ

行ツテコハガラナクテモイイトイヒ
北ニケンクワヤソシヨウガアレバ
ツマラナイカラヤメロトイヒ
ヒデリノトキハナミダヲナガシ
サムサノナツハオロオロアルキ
ミンナニデクノボウトヨバレ
ホメラレモセズ
クニモサレズ
サウイフモノニ
ワタシハ
ナリタイ

もろともにかがやく宇宙の微塵となりて

昭和二十三年十二月十日
岩手県長坂村における講演

かつて宮沢賢治が技師としてまた協同経営者として勤めていた、東北砕石工場の所在地であるこの地に、今度賢治を記念する碑が建てられ、その除幕の式も終った今、こうしてこの地の方々の前で賢治の話をすることのできるのをわたしは嬉しく思います。昨日松川の駅からこちらへ参る道すがら、わたしは案内せられて旧東北砕石工場を見学して参りました。炭酸石灰の粉末で屋根も壁も柱も、どこもかしこもまっ白になっている工場の中へ入り、石灰石を切り出している現場を見、外套にも靴にもまっ白な粉をつけて参りましたが、その工場が賢治のいた頃に較べてずっと大きくなっていること、附近にも同じく炭酸カルシュームを製造する新しい工場が幾つもできていることを聞いて、ここにも賢治の志のつがれているのを知りました。

賢治がこの工場にいた頃は、その経営は相当苦しかったらしく、その間の消息は当時の詩によっても窺われるのであります。

（せなうち痛み息熱く）
二月の末のくれちかみ
十貫二十五銭にて
いかんぞ工場立たんなど
そのかみのシャツそのかみの
外套を着て物思《も》ふは
こころ形をおしなべて
今日《けふ》落魄のはてなれや
……

また

もろともにかがやく宇宙の微塵となりて

また

（たまたまに）

たまたまに
こぞりて人人購《か》ふと言へば
夜もねむられずたかぶれる
わがこころこそはかなけれ
…………

（ひとひははかなく）

ひとひははかなくことばをくだし
ゆふべはいづちの組合にても
一車を送らんすべなどおもふ

ささそはこころのうらぶれぬると
たそがれさびしく車窓によれば
外の面は盤井《いはゐ》の冲積層を
草火のけむりぞ青みてながる
屈撓余りに大なるときは
挫折の域にも至りぬべきを
いままた怪しくせなうち熱《ほて》り
胸さへ痛むはかつての病
ふたたび来しやとひそかに経れば
芽ばえぬ柳と残りの雪の
なかばはいとしくなかばはかなし
…………

これらの詩は賢治のあらゆる詩の中で最も暗い気分の詩でありまして、かつての胸の病気が再び萌している中を、過労と心労とに文字通り傷めつけられていた当時の実情がよく分ります。それで結局、炭酸石灰並びに石灰の見本を携えて上京の車中に発熱、神田の宿に病臥するに至り、その後花巻に帰りはしましたけれども、その病臥が遂に死の床にまで続いたのであります。東北砕石工場の技師として聘せられたのが昭和六年四月、車中に発熱病臥したのがその年の九月、爾来一進一退の病状の中に昭和八年九月二十一日彼は永眠したのであります。

東北地方の酸性土に対する炭酸石灰の効果については、賢治はその専門知識の上から固くこれを信じ、それの普及のための宣伝、販売、斡旋には、独り岩手県下ばかりでなく、秋田、宮城、福島、東京等を廻っているのでありまして、その仕事の過労がその死の一原因になったことについては、賢治はむしろ満足を感じていたでありましょう。賢治の心は常に農民たちの上にあったからであります。

わたしはこの碑に刻むべき言葉の撰定を依頼せられた時、すぐ、この言葉――今、碑に刻まれている「まづもろともにかがやく宇宙の微塵となりて無方の空にちらばらう」を思い浮かべました。この言葉を以前から賢治の言葉の中でも最も美しい言葉の一つとして愛していたばかりでなく、この地と賢治とのつながりによっても、この言葉がふさわしいと思ったからであります。幸いに皆さんの御賛成を得て、今日御覧になるようにこの言葉が石に刻まれて朽ちぬものとなったので、わたしはその撰定者並びに揮毫者として、この言葉の意味をわたしの平生考えているところに随って申し述べて見たいと存じます。

御承知のようにこの言葉は「農民芸術概論綱要」の中の言葉であります。「農民芸術概論綱要」は大正十五年（一九二六年）賢治三十一歳の六月、すなわち彼が花巻農学校を退職して下根子桜に自炊生活を始め、附近を開墾し農耕に従事しながら、農村と農民との中に自ら溶け込もうとした直後に、執筆せられたものであります。その八月には羅須地人協会が設立せられ、彼は稲作、園芸、肥料、科学等の講義に当るとともに、花巻及び近郊の農村数カ所に肥料設計事務所を設け、無料設計相談に応じ、手弁当で農村を廻っては、肥料や稲作の実地指導をしております。爾来この仕事は多少の断続はあったにしても、ずっと続けられ、その肥料設計書の枚数の如きも、昭和二年六月には既に二千枚に達していたという。しかもその肥料設計たるや、二十数項の質問によってあらゆる条件を考慮した後の綜合判断に基づくもので、知識と経験とのほかに直観を、そして何よりも親切心を必要とするもので、決して単なる事務的処理ではないのであります。「農民芸術概論綱要」は、こういう仕事と切り離せないもので、彼にとってはそれは謂わば精神的肥料設計の書であったのであります。羅須地人協会の講義の間には農民芸術についての講義もあったそうで、この内容は何かの形で当時すでにそういう講義の中でも語られていたでありましょう。しかし、この綱要は今日残っているような形では生前発表されたことがなく、その初めて発表せられたのは、死後草野心平君の編した「宮沢賢治研究」においてであった。その点でもこれは肥料設計の書と同じく、直接ただ農民を対象としたものであり、また「雨ニモマケズ」と同じく、彼が彼自身に示した決意と祈願との文であったと思うのであります。これが論述のためのものでありながら、ともすれば詩の形を採ろうとしている所以であります。

さて、この言葉——「まづもろともにかがやく宇宙の微塵となりて」は、「農民芸術概論綱要」の中の最後に近く、農民芸術の綜合という一節にある。この節は序論、農民芸術の興隆、農民芸術の本質、農民芸術の分野、農民芸術の諸主義、農民芸術の製作、農民芸術の産者、農民芸術の批評の諸節を受けて、全体の綜合、或は農民の生活と芸術との一つになることを説いている節であります。その綜合を受けて更に結論がありますが、綜合の節の全体の主題を彼は次のように誌している。

もろともにかがやく宇宙の微塵となりて

……おお朋だちよ　いつしよに正しい力を併せ　われらのすべての田園とわれらのすべての生活を一つの巨きな第四次元の芸術に創りあげようでないか……

そしてこれにすぐ次いで「まづもろともに」の言葉がくるのであります。随ってこの「まづもろともにかがやく宇宙の微塵となりて」の意味を説明するためには、概論の根本の趣旨をそれの背景として説明しなければならない。

それについては序論に特に重要な幾つかの言葉があります。第一に、

世界がぜんたい幸福にならないうちは個人の幸福はあり得ない

この言葉は賢治の根本の立場を示している言葉の一つであります。こういう言葉は、言葉そのものとしては別に珍らしい言葉ではない。昔から多くの人達が、それぞれの言い方でこういう趣旨を口にしているのであります。ただ賢治の言葉としてこの言葉が特に意味を持っているのは、賢治がこの「世界の幸福」を身をもって念願した人であり、その念願に真に生きたというところ

にあるのであります。

こういう念願に生きた人もまた事実少くはない。それはあらゆる階層に、君主にも、為政者にも、産業の開発者にも、社会事業家にも、さまざまな方面にわれわれはこれを見ることができる。もっと一般的にも、われわれは革命家や宗教家の中に、こういう念願に生きた人を見ることができる。しかし革命家には、その動機の最も純粋な者においても、破壊的暴力の肯定があり、一つの権力に対抗する別権力への意志が支配的で、その意志の実現のためにはあらゆる手段を辞せない。人を欺いたり、犠牲にしたり、裏切ったり——正しい意志もそこでは不正な手段によって常に汚されねばならないのであります。賢治はそういうことのできるように生れついていなかった。不正に対する怒りは賢治の作品の随所にこれを見ることができますが、しかしその不正に対して更に別の不正を以て対することは、賢治にはできなかったのであります。

革命家はもともと、政治や社会や経済やの領域における制度に伴う悪を無くすることをその任とする者であり、そのために古い制度の破壊を計る者なのでありますが——事実また制度に伴うもろもろの悪は、それによって最も根本的に無くすることができるのでありましょう——しかし、制度に伴う悪というのも、もともと人間の人間たる性質によるのであって、つまり、いわば原罪によるのであって、古い制度の破壊の後に新しい制度が作られれば、そこにもまた必然その制度に伴う悪は生まれるのであります。人間が今日あるような人間である限り、これはおそらく未来永劫に変ることはないでありましょう。そこからあらゆる革命の中で人間革命こそ最も根本的な革命であるという立場が生まれるので、宗教はそれを目指しているわけであります。ただ、宗教もまた実定宗教として組織を持つと、その教団の組織の中に本来の精神を失う。その点所謂宗教家の中においてよりも、宗教家でない人達の中に却って宗教の真の精神が生かされる場合が多い。賢治はそのような宗教的精神に生きた人でありました。彼は、世の中に一人でも不幸な者がある限り、如何なる仕方においても自分が世の常の幸福となることを拒否せんとしていたように見えます。これは仏教の言葉で申せば、菩薩の心であります。無量寿経にある法蔵菩薩の四十八願は、その菩薩の心を典型的に示しているもので、「たとひわれ仏を得たらんに、十方の衆生至心に信楽してわが国に生ぜんと欲し、乃至十念せんに、もし生ぜずんば正覚を取らじ」とあるその四十八願は、その上に浄土教の建立せられているものであります。みんな極楽へ行けないようなら自分は仏にもなるまい、というのであります。法蔵菩薩は阿弥陀仏になった。だからその悲願はかなえられたことになり、十方の衆生は救われることになるのであります。こういう信仰のパラドックスはここにはありません。賢治はただ自分の決意と祈願とをそこに語っているだけです。しかし賢治がどんなにその決意と祈願とに忠実であったかは、これは賢治の一生をかえりみて、その書き残したものから、その仕事から、その言行のはしばしから、われわれの断言し得るところであります。

事実、賢治は法華経の行者として街頭の説教をもしたことがあります。その意味においては一個の宗教家でもあった。しかしその僅かな時期を除いては、所謂宗教活動を彼はしたことなく、したがって、その文学活動を法華経の行者としての立場から見ることができるにしても、その立場からのみ見ることはその文学活動を歪めることになる。賢治の本領はどこまでも、その決意と祈願とを独自の仕方で生かした、というところにあるというべきであります。それが賢治を野の賢者とも、ある意味では社会運動家ともしているもので、彼を一個の宗教家と見せるのも、そういう諸属性の一つとしてであります。

第二にこういう一連の言葉がある。

自我の意識は個人から集団　社会　宇宙と次第に進化する

もろともにかがやく宇宙の微塵となりて

この方向は古い聖者の踏みまた教へた道ではないか
新たな時代は世界が一の意識になり生物となる方向にある
正しく強く生きるとは銀河系を自らの中に意識してこれに応じて行くことである

「世界がぜんたい幸福にならないうちは個人の幸福はあり得ない」というさきの言葉は、こういう宇宙的連帯の根本感情を根柢としているのであります。この根本感情、或は彼の言葉を使えばこの直観は、いにしえの「求道者たちの実験」に一致し、更に「近代科学の実証」に合致する。いにしえの「求道者たちの実験」とは、「古い聖者の踏みまた教へた道」とも彼の言っているところのものであり、主として大乗仏教の教えを指し示しているものと思われます。大乗仏教によれば、世界の如何なるものもそれだけで在るというものはない。宇宙一切のものにかかわりをもつ。例えば今わたしの着ているこの服一つとって見ても、これを縫った人、生地を作った人、更に、生地になる動物の毛なり植物の繊維なりから、その動植物の生えたり生活したりする土地、草木、風雨、冷暖などの自然現象——そのおかげでそれがそうなっているもの——と辿ってゆけば、宇宙一切の物がこれに関与する。天地万物の力がここに有機的に集っていると言ってもよい。そして、そのおかげでわれわれが人としての生活をしているという点から見れば、宇宙万物は慈悲であり、その慈悲を人格化して見れば一切は仏である。しかしまたそれのそうなっていることは、他方から言えば、われわれの力が宇宙に遍満して生きていることにもなるので、そのわれわれの本性は心であるから、われわれの心が宇宙一切であり、仏であるということにもなる。

こういう宇宙的連帯の根本感情は、科学者の宇宙を観る眼の中にもあります。進化論は生物進化論から宇宙進化論までこれを含めて言えば、このような宇宙的連帯を立証しているように見えます。現にラフカディオ・ハーンの如き文学者は、スペンサー的進化論の立場を大乗仏教の教理と結びつけている。アインシュタインもまた別個の立場からでありますが、このような宇宙的連帯の感情を宗教感情として見るとともに、科学者に普遍的に存在する基本的感情でもあると考えています。

もろともにかがやく宇宙の微塵となりて

彼は「深刻な科学的精神にして自らの特殊な宗教感情をもたないものはほとんど見出され得ない」という。その宗教感情とは「宇宙的宗教感情」とアインシュタイン自身名づけているもので、「人間の欲望と目的の空であること、自然と思想の世界にあらわれる崇高性と驚くべき規則性とを感ずる」感情、更にいえば「個人的存在を牢獄の如きものと見、ただ一つの意義ある全体として宇宙を経験せんと欲する」そういう感情であります。こういう「宇宙的感情のはじまりは、すでに発達の初期に、たとえばダビデの詩篇に、また旧約の予言者たちのあるものにあらわれているが、それの更に力強い要素を含んでいるものは仏教で、それをわれわれは特にショーペンハウエルの驚くべき著作から学んでいる。」そういう宗教感情の上からこれを見ると、デモクリトスやスピノザのような唯物論者、無神論者と呼ばれた哲学者も、聖フランシスとよく似た存在になるので、「それを感ずることのできる人々の中にこの感情を呼び覚まし、生き生きと保つことが芸術と科学との最も重要な機能となる」のであります。そしてその宗教感情を一層立ち入って説明せんとするかの如く、次のようにも誌している。「われわれの経験しうるもののうち最も美わしいものは、神秘的なものである。それは真の芸術、真の科学の揺籃となる基本的感情である。それを知らない人、もはや不思議に思うことができず、驚異を感ずることのできない人は、死人も同然、燃えつくした蠟燭のようなものである。たとえ恐怖を混えていたとしても、神秘の経験こそは宗教を生んだのであった。われわれが侵入することのできないものの存在を知ること、ただわれわれには最も根源的な形でわれわれにあらわれるところの最も深奥な理性と最も輝かしい美のあらわれを知ること——真の宗教的態度を示すものは、この知識とこの感情とである。この意味において、またこの意味においてのみ、私は深い宗教的人間である。」*

* アインシュタイン「わが世界像」中の一文「わが世界像」。ただし他の引用句は、同書の「宗教と科学」「科学の宗教性」などからである。

もろともにかがやく宇宙の微塵となりて

「まづもろともにかがやく宇宙の微塵となりて」の言葉は、以上のような背景において初めて正しく考えられる。われわれは究極の宇宙的連帯を信じ、そのような宇宙的秩序の中に個人を見、その立場から「世界がぜんたい幸福にならないうちは個人の幸福はあり得ない」と考えるものであるが（ここではわたしは賢治の立場に立ちながらわたし自身の言葉で言っているのでありますが）、さて現実はどうであるか。われわれの周囲の人々は——殊に農民たちはどうであるか。それに対する答は「農民芸術の興隆」の項にある次の言葉であります。

いまわれらにはただ労働が生存があるばかりである
宗教は疲れて近代科学に置換され然も科学は冷く暗い
芸術はいまわれらを離れ然もわびしく堕落した

これらの言葉には別稿にメモがあって、そのメモには「四月よりは毎日十二時間」「食物と労働との循環」「人口の一割がそれを買ひ鑑賞し享楽し、九割は世世に労れて死する」などの言葉とともに、「科学は如何、短かき過去の記録によつて悠久の未来を外部から証明し得ぬ」「科学の証拠もわれらがただ而く感ずるばかりである」「そして明日に関して何等の希望を与へぬ、いま宗教は気休めと宣伝、地獄」などの言葉が見える。そこで、

いまやわれらは新たに正しき道を行きわれらの美をば創らねばならぬ

ことになるのであります。

それでは、そのような芸術の本質は如何。それは「宇宙感情の　地　人　個性と通ずる具体的なる表現である」とともに「常に実生活を肯定しこれを一層深化し高くせんとする」ものであり、更に「人人の精神を交通せしめ　その感情を社会化し　遂に一切を究竟地にまで導かんとする」ものである。ここでは現実生活の肯定と社会的連帯の意味とが強調せられているとともに、宇宙

的連帯の根本感情が、あくまでもその中心を貫いているのであって、その根本感情の上に立って現実に抗議するとともに、新しい世界を開かんことを念願しているのであります。

その新しい世界とは、ひとり生活と芸術とが一つとなった世界であるばかりでなく、その生活と芸術との一致が、宗教と科学との合一の上に立っているので、その世界を賢治はしばしば四次元の世界と称んでいます。四次元の世界とは、元来ドイツの数学者ミンコフスキー（一九〇九年日本流に数えて四十五歳で亡くなった人）の言葉であります。相対性理論によると、空間と時間とは函数関係にあって、これを切離しては考えられない。ミンコフスキー自身の言葉でいえば、「今後、単独の空間及び単独の時間というものは、全く影法師のようなものに顚落してしまうべき筈で、独立した存在としての体面を保持すべきものは、この両者の一種の統一体以外にはありえない。」随って空間の三次元に時間の一次元を加えて、これを四次元世界と称んだのであります。今日ではこれを時空世界とも言っておりますが、この新しい物理学並びに新しい数学の体系における言葉を——そこでは平行線も交わることができるし、従来の世界感覚をもってしては把えることのできぬ世界であるところから——賢治は独特の意味に用い、合理の支配することのできない一層深い世界、宗教の神秘に通じた世界、宗教と科学との一つになっている理想世界を言い表わしているのであります。随ってさきにあった四次元の芸術とは、そのような世界の消息を予感の中に、また直観の中に、把えている芸術を言うのであります。同じ「農民芸術概論綱要」の中に「神秘主義はたえず新たに起るであらう」と言い、更にまた「四次感覚は静芸術に流動を容る」と言うのも、この間の消息を語るものであります。しかもこの芸術の世界は単なる芸術の世界ではない。ここでは芸術と生活とは一つである。そしてその芸術と生活とは宗教と科学との合一の上に立っている。芸術の原理はその儘また生活の原理になり、生活の原理はその儘また芸術の原理になる。したがって「正しく強く生きるとは銀河系を自らの中に意識してこれに応じて行くことである」という、さきに述べた言葉が「農民芸術概論綱要」全体の中で、その大きな意味を主張し、その言葉を受けて

……われらに要るものは銀河を包む透明な意志　巨きな力と熱である……

が全体の結論となるのであります。銀河系とは結局四次元の世界と同じ意味になるのであります。

われわれはこの透明な意志を強く把持して、われわれの理想のためにその尖兵となろう。これ

は選ばれた者の道である。しかしわれわれは自ら指導者を以て任ずるものではない。われわれはあくまでも民衆の一人である。われわれは宇宙の一微塵に過ぎない。しかし宇宙塵はやがて凝集して星を生むものとなる。そこにはかがやく星を生む可能性が内在するのだ。われわれはその大いなる可能性である。われわれは仏となるべき種子である。それは無方の空にちらばって行方がわからないようになっても、やがてあちらこちらにその芽を吹き、その実を結ぶであろう。——

これが「まづもろともにかがやく宇宙の微塵となりて無方の空にちらばらう」という決意と祈願との意味する内容である、とわたしは信じます。宇宙の微塵という言葉は、今日の天文学にいう宇宙塵と仏典にいう微塵との双方にかけているのであります。大乗経典にはこの言葉は、眼に見える最小最微のものとして、しばしば譬喩に用いられています。たとえば法華経の如来寿量品には「我実に成仏してよりこのかた、無量無辺百十万億那由佗劫なり。たとへば五百千万億那由佗阿僧祇の三千大千世界を、たとひ人有りて抹して微塵となして、東方五百千万億那由佗阿僧祇の国を過ぎて、すなはち一塵を下し、かくの如く東に行きてこの微塵をつくさんが如き」とある。これはもろもろの世界の無量無辺と、如来の成仏してより久遠なることを説くために用いられている譬喩で、同じ如来寿量品には「このもろもろの世界の、もしは微塵をおき、及びおかざるものを、ことごとくもって塵となして、一塵を一劫とせん。我成仏してよりこのかた、またこれに過ぎたること、百千万億那由佗阿僧祇劫なり」ともあります。しかし新華厳経第一普賢三昧品には「この国土のあらゆる微塵の一一の塵中に、世界海微塵數の仏刹あり。一一の刹中に世界海微塵数の諸仏あり。一一の仏前に世界海微塵数の普賢菩薩あり」とあるように、微塵の中にも仏はいますのであります。ラフカディオ・ハーンの「塵」という一文は、この大乗仏教の精神によって書かれた美しい文章でありますが、その中にこういう一節がある。

苟も目に見えるもの、手に触れうるもの、量りうべきもので、嘗て感性の混じたことのないものがあるか——快楽或は苦痛につれて振動したことのない原子、叫び或は声でなかつた空気、涙でなかつた点滴があるか。たしかにこの塵土は感じたことがある。それは私共が知つている一切のものであつた。また幾多私共が知り得ないものでもあつた。それは星雲や恒星であつたり、惑星や月であつたことが幾たびであつたか云いつくせない。それはまた神でもあつた——太陽の神であつて、邈乎たるいにしえの時代に於て、多くの世界がそれをめぐつて拝んだのであつた。「人よ、汝はただ塵に過ぎざることを記憶せよ」——この語はただ物質主義説としては深遠であるが、その見解未だ皮相の域を脱していない。なぜというに、塵とはどんなものか。「塵よ、汝は太陽たりしことを記憶せよ。また再び太陽となるべきことをも記憶せよ。……汝は光明、生命、愛たりしなり。しかして今後また、永劫不断の宇宙的魔法により、必ず幾たびも斯く変化せん」

賢治が宇宙の微塵と呼んでいる物も、またかくの如き意味を持った塵なのであります。

このような賢治の立場を、法華経の行者としての立場から見ることは間違っていないでありましょう。賢治はその死の床に、法華経一千部を印行し、その巻末に次のような言葉を附してそれを知友に届けることを、父君に懇願しております。

私の全生涯の仕事は此経をあなたの御手許に届けそして其中にある仏意に触れてあなたが無上道に入られん事を御願ひするの外ありません。

賢治と法華経との関係は、大正三年（一九一四年）、その十九歳の時に始まるもので、その最初の感激は非常に大きかったらしく、爾来死に至るまでこれは座右の書となっております。大正十年（一九二一年）、二十六歳の一月には、その敬信の念いよいよ篤く、父母一家の改宗を熱望したけれど容れられないので、遂に家を離れて上京、昼は筆耕校正等の仕事によって生計の費を得るとともに、夜は国柱会に奉仕し、時には街頭の布教をもしたのであります。そしてその二月頃、国柱会の高知尾智耀の奨めにより、文芸によって大乗教典の真意を広めんことを決意したのであります。「雨ニモマケズ」の載っている手帳の中に、

高知尾師ノ奨メニヨリ
　法華文学ノ創作
名ヲアラハサズ
報ヲウケズ
貢高ノ心ヲ離レ

という覚書があるのによっても、その間の消息はうかがわれる。（貢高という言葉は一般には使

われない言葉でありますけれど、やはり仏典に出てくる言葉で、「貢高ノ心」とは慢心であります。）実際その一月から八月の間に――彼は九月その最も愛した妹の病気のために花巻に帰ったのでありますが――非常に旺盛な創作力を示し、或月の如きは、一ケ月三千枚も書いたということで、十字屋版全集三、四巻の作品は、この六ケ月間に草稿或は構想されたものが多いということであります。こういう点からして、賢治の詩や童話の理解にも、法華経の行者としての彼からすることが必要になって参るのであります。その点、最近花巻の人佐藤勝治氏が「宮沢賢治の肖像」という書物で、「春と修羅」第一集の最初の詩「屈折率」と「雨ニモマケズ」とを、法華経の教義の立場から分析解明しているのは、賢治研究に確かに一歩を進めたもので、わたしも教えられるところが少なからずありました。しかし作品の制作に当っては、賢治は常に芸術を芸術としたので、われわれはその同じ手帳の中に、次のような言葉を見ることができる。

筆ヲトルヤマヅ道場観奉請ヲ行ヒ
所縁仏意ニ契フヲ念ジ
然ル後ニ全力之ニ従フベシ

もろともにかがやく宇宙の微塵となりて

断ジテ教化ノ考タルベカラズ!
タダ純真ニ法楽スベシ
タノム所オノレガ小才ニ非レ
タダ諸仏菩薩ノ冥助ニヨレ

道場観奉請とは国柱会の信仰箇条をしるした経本「妙行正軌」によると、信者の読経その他の礼拝行事の最初に、法華経の如来神力品の中の「当知是処即是道場、諸仏於此得阿耨多羅三藐三菩提、諸仏於此転于法輪、諸仏於此而般涅槃」を誦する定めになっている、それをいうので、国訳妙法蓮華経では、「まさに知るべし、この処は即ちこれ道場なり。諸仏ここにおいて阿耨多羅三藐三菩提を得、諸仏ここにおいて法輪を転じ、諸仏ここにおいて般涅槃したまふ」となっております。こういうところはあくまで信仰者の立場に立っている。しかし「断ジテ教化ノ考タルベカラズ」とか、「タダ純真ニ法楽スベシ」とあるところ、彼は芸術の世界の自律性に従っているのであります。実際またわれわれは賢治の童話の中に、常に純真な法楽、遊戯三昧を見ることができるので、そこに生れた極めて自然な、極めて独得なユーモアを賢治童話の最も大きな特色の一つとするものであります。「蛙のゴム靴」の中で、カン蛙、ブン蛙、ベン蛙の三匹の蛙が雲見をしている。蛙どもは日本人なら花見とか月見とかいうところを雲見をする。


「どうも実に立派だね。だんだんペネタ形になるね。」

「うん。うすい金色だね。永遠の生命を思はせるね。」

「実に僕たちの理想だね。」

雲の峯はだんだんペネタ形になつて参りました。ペネタ形といふのは、蛙どもでは大へん高尚なものになつてゐます。平たいことなのです。雲の峯はだんだん崩れて、あたりはよほどどうす暗くなりました。

「この頃、ヘロンの方ではゴム靴がはやるね。」

ヘロンといふのは蛙語です、人間といふことです。

「うん。よくみんなはいてるやうだね。」

「僕たちもほしいもんだな。」

蛙の雲見とか、ペネタ形とか、ヘロンとか、こういうでたらめで、それでいて何か感じのある言葉を創り出すその遊びの中に、賢治の一つのエレメントが見られるので、これは賢治のあらゆる童話に通じて言えることであります。こういうものには別段の意味はない、まして宗教的な意味はないのであります。ですから高知尾智耀の奨めもあって法華文学の創作の決意をしたという、その大正十年の作品とはっきりわかっている「どんぐりと山猫」（大正十年九月十九日作）「注文の多い料理店」（大正十年十一月二十一日作）を見ても、この特徴が極めて顕著であることをわれわれは注意せざるを得ない。尤もこれらの作品は寓意的なものと見れば見られます。どんぐり共が、頭の尖っているのは頭の尖っているのが一番偉いと言い、頭の丸いのは頭の丸いのが一番偉いと言い、大きなのは大きなのが一番偉いと言い、背の高いのは背の高いのが一番偉いと言い、裁判官の山猫も裁判の決着をつけられないので困っているのを、一郎が「そんなら、かう言ひわたしたらいいでせう。このなかでいちばんばかで、めちやくちやで、まるでなつてゐないやうなのが、いちばんえらいとね。ぼくお説教できいたのです。」という言葉によって、今までがやがや言っていたどんぐり共はみんな黙ってしまう、というところにわれわれは「どんぐりと山猫」の寓意を見ることができる。お説教できいたというのは、法華経の不軽菩薩の話などを考えているのだと思われます。「注文の多い料理店」は「すつかりイギリスの兵隊の形をして、ピカピカする鉄砲をかついで、白熊のやうな犬を二疋連れた」二人の若い紳士が、山の奥で西洋料理店をみつけ、中へ入ると、部屋から部屋へ沢山の扉があって、次ぎ次ぎに「お客さまがた、ここで髪をきちんとして、それからはきものの泥を落してください」とか、「鉄砲と弾丸をここへ置いてください」とか、「どうか帽子と外套と靴をおとり下さい」とか、「ネクタイピン、カフスボタン、眼鏡、財布、その他金物類、ことに尖つたものは、みんなここに置いてください」とか、「壺のなかのクリームを顔や手足にすつかり塗つてください」というような貼札がしてあり、結局自分達が山のバケモノに喰べられようとする話で、これは殺生戒を犯した者を誡めているとも取れるものである。しかし「どんぐりと山猫」の面白さは、一郎のところへよこした山猫の奇妙な手紙だとか、一郎が山猫のところへ行くまでの道々の話だとか、山猫の馬車の別当と一郎との対話だとか、山猫の一郎に対する態度だとか、そういうものに含まれている何ともいえないユーモアにあるのであるし、「注文の多い料理店」の面白さも、結局は、都会の生意気な猟人たちをからかっているところにあるので、その不思議な山奥の西洋料理店は、一旦死んだと思った白熊のような二疋の犬が扉を突きやぶって部屋の中へ飛び込んでくると、部屋は煙のように消え、二人は寒さに震えて草の中に立っていることになるのであります。それで上着や靴や財布やネクタイピンは、あっちの枝にぶらさがったり、こっちの根元に散らばったりしている、そして今にも山のバケモノに喰べられるかという恐怖のために、一ぺん紙屑のようにくしゃくしゃになった顔だけは、東京に帰っても、お湯に入っても、元の通りにならなかったというのであります。

同じくその頃の作品でも、「狼《オイノ》森と笊森、盗《ぬすと》森」(大正十年十一月作)は全く民話的であり、「雪渡り」(同年十二月作)「水仙月の四日」(大正十一年一月十九日作)は、寓意的なところもあるにはあるが、やはり民話的要素がはなはだ多い。そしてこれら民話的な特色を持った童話ばかりでなく、他の多くの童話の中にも、風土の色と匂いとを顕著にわれわれは感ずるとともに、彼が元素的な自然に親しみ、「風とゆききし、雲からエネルギーを取」っているのを見るのであります。童話では樹や草が語り、岩や風や雲も人間のような姿をしている。しかし「風とゆききし、雲からエネルギーを取」るのは——これもまた「農民芸術概論綱要」の中の言葉でありますが——そういう童話的常套とは少しちがう。それは一層根源的な自然体験なのであって、これは賢治の詩において、童話におけるよりももっと大きな意味を持ったものとなっています。こういう風に見て参りますと、賢治を法華経の行者として見る観点から、賢治の詩や童話を見ることは、賢治理解を一面的に深めることにはなっても、その全面的理解を却って妨げるものになり易いのであります。

それならば賢治の全面的理解はどういう観点に立ってすべきであるか。わたしはそれについて、少なくとも次のこと――賢治において何が根源の体験であり、何が教養体験であったかを分つことは、是非とも必要なことである、と思うものであります。

一　賢治は法華経を初めて手にするまでに、既に仏教の教えに親しんでおりました。父母が浄土真宗の篤信者であったために、朝夕の仏壇の前の勤行によって、既に四歳の時には「正信偈」や「白骨の御文章」をそらあんじていたといいますし、更に小学校の頃から、父のいいつけで寺の説教を聴聞に行ったり、東京から新時代の学僧達が講習にきた折などにも、よく出かけたといいます。こういう精神的環境が幼い柔い心にどんな感化を与えるかはよく知られている。そうでなくても浄土和讃や巡礼歌は、当時の、明治三十年代の東北地方には、至るところで耳にされたであありましょうし、地蔵菩薩や賽の河原の話は、祖母たちや母たちが小さい子供に聞かせる最もありふれた話であったでありましょう。わたし自身生まれた土地こそちがえ賢治と世代を同じくしたので、その事情に通じているのでありますが、当時の日本は、ラフカディオ・ハーンが美しい日本として描いた仏教的民間信仰の世界と多く隔っていなかったのであります。こういう世界の中で、少年賢治は世の無常と仏の慈悲との深い感情を植えつけられたとわたしは考えるもので、それは今度、ここに御列席の令弟清六さんや、親戚として、またほぼ同年輩で小さい時からの友人として、賢治に親しんだ関徳弥さんとの、昨夜からのいろいろな話の中で、わたしの確かめ得たところであります。これをわたしは賢治の宗教的な原体験と考える。後に法華経の心読を柱に大乗仏教の教理を自己のものとしたのも、この原体験の上に初めて可能となったことである。すなわち、賢治にとって法華経は教養体験であったので、そういう原体験の基盤がなければ、賢治が果して法華経の行者になったかどうかも疑わしいとさえ私は思うのであります。

二　原体験と教養体験とのこういう区別を更に押し進めますと、原体験としての自然体験と教養体験としての自然科学とが、やはり区別されます。自然体験は、一年の三分の一を雪に埋れて過ごすようなその風土の体験でありますが、中学生の時分からさかんに山へ登ったり野原を歩きまわったり、よく野宿をしては、「きれいにすきとほつた風を食べ、桃いろのうつくしい朝の日光をのむ」のを楽しみ、文字通り「風とゆききし、雲からエネルギーを取」るのが日常生活になっていた。そういう生活によって、おのずから大宇宙と交感し、時には「惚として銀河系全体を

もろともにかがやく宇宙の微塵となりて

ひとりのじぶんだと感ずる」（清六氏宛手紙）ことができたので、その原体験としての自然体験に対して、自然科学は教養体験としてその上に重ねあわせられたのであります。法華経とともに彼の座右の書として、表紙が擦り切れ、ページページが手垢でまっ黒になるまで幾度も読んだという本は、片山正夫の「化学本論」であったといいますから、賢治の科学の教養は、化学を中心としたものであることが知られるのでありますが、「化学本論」は、物理化学の概論として相当基礎的包括的な書でありますし、なおまた賢治の蔵書目録によっても、その詩や童話等の作品によっても、彼が広く諸科学に通じていたことは確かであります。この諸科学の知識が彼のものの見方や表現の仕方にいろいろな形であらわれている。銀河系などという言葉さえ、本来科学の世界の言葉であります。しかしこの本来科学の世界の言葉であるものを、賢治は実感をこめた生きた言葉として使っている。その例はほかにも至るところに見られますが、そういう風に科学の専門学術語を自由に詩の中に駆使できたというのは、ひとえに原体験としての自然体験によるものなのであります。

三　このほかに、賢治の少年時には古着屋と質屋とを兼ねていたその家業によって、貧しい人たちの生活を知り、特に農民のあわれな生活の実際を知ったことは、彼の心に深刻な烙印を押したので、これが世の無常と仏の慈悲との宗教的根本感情と結びついて、彼の社会感情を培った。と同時にこの社会感情によって、世の無常と仏の慈悲との宗教的根本感情は一層切実なものとなったでしょう。二つは元来切離せないので、それは互いに表裏しながら、詩にも童話にも、「農民芸術概論綱要」の中にも深い淵をなして湛えています。彼を終生農民の友としたのは、少年の頃からのこの感情です。後年の社会科学の知識は、その上に教養体験として重ねられたもので、賢治に対して決定的な作用はしていない。それをそうさせなかったのは、彼の宗教体験の重さもありますが、彼の芸術体験もそれに与っているので、特に音楽が大きな役割をそこで演じていると私は考えます。彼は田舎町の一楽器店のレコード売上げを破天荒な高にしたほどレコードを買ったそうで、それというのも、聴いてすぐ卒業できるようなものは次から次と売り払っては新しいのを買っていたからであります。しかし繰り返し繰り返しこれを聴いて終いまで手許に留めたものも相当あり、そういうものの中ではベートーヴェンが一番多いということであります。音楽は造形美術のように物の形を表現しないし、文芸のように明確な観念をも現わさない。それは把えどころがないといえば把えどころのないものです。それでいて人間の心の最も奥深いところを動かし、養い育てるもので、その点で音楽は創るものを創るものであります。殊にベートーヴェンの音楽は、あらゆる音楽の中で哲学的な性格を特に顕著に持つもので、それは謂わば世界の形而上学的基体に直接に触れているようなところがある。こういう音楽を好んだというところに、それも並々の好みようでなかったというところに、賢治の文学の秘密を解く一つの鍵があるでありましょう。「銀河鉄道の夜」の如き作品には映画の影響が見えます。映画そのものが今日のようにまだ日常生活の中に入り込んでいなかった時分には、暗い室でそこだけほの明るいスクリーンの上の事件の進行が、なかば夢の世界でのことのように思われたのをわたしども覚えていますが、こういう感覚が、あの「銀河鉄道の夜」の中にはある。令弟清六氏に聞きますと賢治はやはり映画を好んだそうです。しかしめったに見る機会はない。それで東京へ行くと一日に二つも三つも見たという。そういう風に映画を物珍らしく、新鮮な感覚をもって見たその感受の反映がそこに見られるのであります。しかしその感受の中核をなすものは劇的な場面転換でもなければ絵画的な構成でもない、コンティニュイティーの中に見られる音楽的なリズムです。いわば視覚的音楽としての映画です。こういうところにも彼の音楽の受取り方があらわれているのでありま す。ところで音楽は直接社会との結びつきを持っていないように見える。それはあらゆる物象から離れた世界へ人を誘うことによって社会的関心からも人を引き離す。従って根源の体験としての社会体験と教養体験としての音楽との間にはつながるところがないように思える。宗教体験においても根源の体験と教養体験との間に、ある疎隔がないではないし、更に根源の体験としての自然体験と教養体験としての自然科学との間にも、或疎隔がないではない。がそれ以上にそこには切り離せない結びつきがある。どこからが根源の体験でありどこからが教養体験であるかの限界のはっきりしないところがある。両者は互いに補い合い、しばしば分ち難いまでに一つとなっている。社会体験と音楽体験の場合には少し事情がちがいます。この両者はそういう結びつきをもっていません。そこで根源の体験としての社会体験に対して、それに応ずるような教養体験を対応させるならば、やはり社会科学の知識となるわけであります。賢治の蔵書目録を見るとそういう書物もそこにはある。その中のいくつかを賢治も読んでいるでありましょう。その痕跡は「農民芸術概論綱要」の中に、特に別稿のメモに見えます。しかしそれはすでに申したように賢治に対して決定的な作用をしていない。それをそうさせなかったには、彼の宗教的教養体験が大きな役割を演じているでしょうが、彼の芸術体験もそれに一役買っているので、その芸術体験の中で最も大きく深く中核的なものとしてわたしは音楽体験を取り出したのであります。その音楽体験は彼の根源の体験に由来する社会感情を内面的に深めるとともに、その外に向うエネルギーを社会運動たらしめないで宗教運動たらしめるに与って力あるものとなったのであります。

以上わたしは根源の体験と教養体験とを、それぞれ三対数え、その一対ずつを並べてその相互関係を見て来たのでありますが、そのそれぞれの領域の原体験と教養体験とは、それぞれの領域の中で、またそれぞれの領域を超えて、互いに作用を及ぼしあい、互いに滲透しあっているので、全体としてははなはだ複雑な関連をなしているのであります。すでに述べたように根源の体験としての世の無常と仏の慈悲との根本感情は、同じく根源の体験としての貧しい人たちに対する同情と離れ難くつながっているとともに、教養体験としての大乗仏教的宇宙認識並びにそれにもとずく宇宙的連帯感によって一層深化されている。他方、教養体験としての大乗仏教的宇宙連帯感は、同じく教養体験としての科学によって一層堅固にされており、更に根源の体験としての自然体験によって謂わばその根を養われている。こういう複雑な関連は、なお随所にこれを辿ることができるでありましょう。しかし三つの領域のおのおのにおいて、原体験が教養体験より一層大きな比重をもっていることは争われないので、そこに賢治の詩人としての本領が示されているのであります。すなわち第一に、法華経の行者としての賢治も、幼少の頃からの宗教的原体験の上に初めて生まれたので、その幼少の頃からの宗教的原体験がなければ、法華経の行者としての賢治は生まれなかったかも知れないのであります。同様に、自然科学的知識は、少年の頃からの自然体験によって生かされているので、その原体験がなかったら、物の考え方の上から言っても、詩的表現の上から言っても、自然科学の知識がああいう独特のはたらきをしたかどうかは疑わしい。更に第三に、羅須地人協会時代の賢治の実践は、遠い由来をもった宗教感情と社会感情との相互滲透にそのエネルギーのみなもとをもったので、それは社会運動としての農民運動とはなりえない性質のものであった。これは農民芸術概論綱要を一読すれば分ることでありますし、「きみたちがみんな労農党になってからそれからほんとのおれの仕事がはじまるのだ。」のような詩によっても分ることであります。この詩が、賢治の姿勢に社会運動家の姿勢に近いものが一番見えた時期の詩であるだけに、一層そう言えるのであります。

わたしがかつて賢治文学の特色として挙げた二つのもの、彼の作品に見られる大宇宙的感覚並びに賢者の文学としての性格も、ここからこれを解明することができるでありましょう。すなわち、大宇宙的感覚は、風とゆききし雲からエネルギーを取るのが日常となっていたような彼の自然体験によるもので、科学と大乗経典とはそれに養いを与えたものと見ることができますし、彼の文学を賢者の文学としたのは、法華経の受持者、農民の友としての彼の実践によるものでありましたけれども、その実践を不断に鼓舞したものは、彼の原体験にもとづいた宗教感情と社会感情であったのであります。そこで前者を代表する童話を「銀河鉄道の夜」とすれば、後者を代表する童話は「グスコーブドリの伝記」になる。

賢治のこういう立場は、明らかに人間中心の立場であります。根源の体験の優位がそのことを示しています。その人間中心の立場には、人間を超えたものが背後にある。自然の体験についても、宗教の体験についてもそのことが言える。そして賢治の社会感情にもそういう体験が大きく作用していることを考えれば、その人間を超えたものの意味は一層大きくなるわけであります。しかし賢治の思想と行動は、常に民衆の中の一人として、民衆の心を心とするところに発しているので、それは根本においてヒューマニズムの立場であります。つまり、法華経の行者という枠内には入りきれないものがそこにあり、それが法華経の行者としての賢治をも、他のそういう人達とは著しく異った存在にしているのであります。

東洋にも、ヒューマニズムの伝統がないではありません。それは儒教の中にもあれば仏教の中にもある。しかし儒教の人間中心主義は、人間の解放の方向に向っては進まず、仏教の伝統も、その出世間的性格によって、社会的な力とはなり得なかった。西洋のヒューマニズムの伝統はギリシャ的伝統に発しているものですが、キリスト教にあっても、神に創られたものとしての人間が神の前にはすべて平等であるとする精神によって、近代ヒューマニズムに生命を吹き込んでいます。世界宗教としてのキリスト教はその柔軟な社会的適応性に特色をもっていますが、その社会的適応のエネルギーの根源を、わたしはここに見出すことができるように思います。ギリシャ人が、早くから政治的デモクラシーを実現したあの自由の精神も、キリスト教的伝統の中に養われた、神に創られたものとしての人間が神の前にはすべて平等であるとする精神や隣人への愛、更にそれに加えて、神の意志をこの世に実現せんとする使命感がなかったならば、それは社会的な力として十分にはたらくことはできなかったでありましょう。ギリシャ精神とキリスト教の精神とは互いに矛盾し対立するものをもちながら、補い合ったり融和したりしているのでありま す。矛盾や対立のあることが融合や相互補足の刺戟になり、且それを根柢の深いものにしているのであります。東洋のヒューマニズムにはそういうディアレクティークが行われませんでした。儒教的伝統と仏教的伝統との宋学における出会いにも、人間の火花は散っていない。日本におけるヒューマニズムの伝統も、優れたものがあるにもかかわらず、そこには自由な社会人としての自主性は確立されなかったのであります。

「農民芸術概論綱要」には、そういう今までなかったものがある。その意味で賢治は、東洋のヒューマニズムの伝統を受けながら、それを超えた一個の新しい存在なのであります。ここで賢治は法華経の行者を超える。しかしそれでいて賢治の中には東洋のヒューマニズムの伝統がまぎれもなく生きているので、それを実証するのが「雨ニモマケズ」であります。

ですからわたしは、もし賢治の童話の代表作一篇を挙げよといわれたら、「グスコーブドリの伝記」を、詩の代表作を挙げよといわれたら「雨ニモマケズ」を、そして論稿の代表作を挙げよといわれたら「農民芸術概論綱要」を挙げるに躊躇しません。グスコーブドリは賢治の理想の人を描いたものであります。イーハトヴォの人々の幸福のために、自ら仕掛けた装置によって、火山の人工爆発をさせるとともに、自己の肉身を文字通り宇宙の微塵となして、無方の空に散らしたのであります。「まづもろともにかがやく宇宙の微塵となりて無方の空にちらばらう」という詩碑の言葉は、グスコーブドリの生涯の中にその象徴をもつのでありまして、それこそまた賢治の理想とした生涯であったのであります。

第四次元の芸術

昭和二十四年九月二十三日
東京大学における講演

「……おお朋だちよ　いつしよに正しい力を併せ　われらのすべての田園とわれらのすべての生活を一つの巨きな第四次元の芸術に創りあげようでないか……」

これは「農民芸術概論綱要」の中の「農民芸術の綜合」の項に、農民芸術全般の方向を規定した言葉として出て来る言葉であります。「農民芸術概論綱要」は宮沢賢治の芸術理論として唯一のものであるばかりでなく、その芸術理論の中核をなすものであり、且つそれがそのまま彼の芸術的実践の覚悟をも語るものとなっているのでありますから、ここにわれわれは賢治の芸術の本質を解明する一つの鍵を持つというべきであります。賢治にあっては理論はそのまま実践であり、そしてその芸術的実践は、彼自ら農村にあって、自らも耕し作るものの一人として、共同で築き上げることを理想としたものでありますから、彼の遺した詩や童話もすべて「農民芸術」を目指したものといえます。勿論そういうはっきりした自覚をもたない以前の作品もありますし、そういうはっきりした自覚をもった後にも何かの意味でそういう呼称のふさわしくないと思えるものがないではない。意識下の世界は意識の世界よりも大きいし、そして芸術的衝動はその意識下の世界にもとずくことが多いからであります。しかし農民芸術という言葉は賢治の意味においては、先ずもって職業芸術家の芸術に対立する言葉で、その芸術たる本質においては何も特別なものではないのでありますし、それに賢治はその人間的本質において、意識と本能との分裂の最も少い部類に属する人でありましたから、この言葉に、即ち第四次元の芸術という言葉に、彼の芸術を解く鍵を見出そうというのは極めて自然なことになるのであります。

ところが、それではこれが何を意味するかをはっきり規定しようとすると、それがなかなか捉え難い。そしてそれが捉え難いために世間には妙な見解が行われている。もう一昨年（昭和二十二年）になりますが、長野県のある町へ話に参った折、話の後で、今日の話には関係のないことだけれど、宮沢賢治の第四次元の芸術というのはどういう意味であるか、自分達の間にはこれを第四階級の芸術と解しているものが多いが、そう解して差しつかえないか、という質問を私は受けた。その時の話は全く別の話でありましたので、不意の質問に私は面喰らいましたが、それよりも、第四次元の芸術を第四階級の芸術とした、その解釈に一層面喰らったのであります。

そこで私は自分の考えを一応述べ、東京へ帰ってから半分笑い話にその話を訪問者にいたしますと、その訪問者は、新制高等学校の先生でありましたが、東京における自分達の仲間にもその見解が行われているというのです。その頃はまだ、この「農民芸術概論綱要」が文部省制定の新制高等学校の教科書に載せられておりまして、先生達がそれを生徒に教える必要から、専らそういう解釈が行われたらしいのであります。その後どういうわけかこれは教科書から削られました。その削られた理由は、ひょっとすると第四次元の芸術が第四階級の芸術と解釈されたところにあるのかも知れません。とすればまことに滑稽な話で、枯尾花を幽霊と見たことになります。が、それだけに私はこの問題の解明を一層必要と考え、昨年（昭和二十三年）の十二月十日、かつて賢治がそこで共同出資者並びに技師として働いていた、東北砕石工場の所在地に近い、岩手県長坂村に新しく賢治の碑が立ちましたについて、その除幕式の記念講演会に、この問題を採り上げたのであります。その碑文の撰定並びに揮毫を私は依頼され、その碑文に「農民芸術概論綱要」

中の一句、それも、あの「おお朋だちよ　いつしよに正しい力を併せ　われらのすべての田園とわれらのすべての生活を一つの巨きな第四次元の芸術に創りあげようでないか」の言葉につづく一句「まづもろともにかがやく宇宙の微塵となりて無方の空にちらばらう」を選びました関係から、その一句の趣旨を説明する必要上、その問題にふれたのであります。しかしそれはどこまでもその問題にふれたのであって、その問題を主題としたものではなかった。従って私としてはまだ多くの問題をそのあとに残したのであります。ところが今日は幸い、この講演会の主催者からこの演題を与えられた。それで私はこの問題を主題として、私の平生思っているところを申上げたいのであります。

先ずこの言葉の吟味から私ははいりたい。「第四次元の芸術」という言葉は、最初に引用した場所に出てくるだけでありますが、他に「四次芸術」とか「四次感覚」とか「第四次延長」とか「四次の軌跡」とか「幻想第四次」とか、類似の言葉があちこちにでて参ります。第一に「農民芸術概論綱要」の中でありますが、「農民芸術の諸主義」の項に、

「四次感覚は静芸術に流動を容る」（第二例）

という言葉として、更に「農民芸術の綜合」の項に、

「巨きな人生劇場は時間の軸を移動して不滅の四次の芸術をなす」（第三例）

という言葉として、でてくる。さきの「おお朋だちよ、いっしょに正しい力を併せ、われらのすべての田園とわれらのすべての生活を一つの巨きな第四次元の芸術に創りあげようでないか」は、「農民芸術の綜合」の全体の要約をなすものであり、その要約の説明として、更にいくつかの事柄が述べられている中に――といってもそれは詩的なアフォリズムをもってでありますが――その中に、今の「巨きな人生劇場は時間の軸を移動して、不滅の四次の芸術をなす」はあるのであります。そして「農民芸術概論綱要」は最後の「結論」を次のように結んでいる。

「……われらに要るものは銀河を包む透明な意志　巨きな力と熱である……
われらの前途は輝きながら嶮峻である
嶮峻のその度ごとに四次芸術は巨大と深さとを加へる

詩人は苦痛をも享楽する
永久の未完成これ完成である」（第四例）

「農民芸術概論綱要」以外にも「春と修羅」第一集の序詩には、

「すべてこれらの命題は
心象や時間それ自身の性質として
第四次延長のなかで主張されます」（第五例）

という形で、更に昭和三年六月東京で作られた詩「浮世絵」の中には、

「見たまへこれら古い時代の数十の頰は
あるひは解き得ぬわらひを湛へ
あるひは解き得てあまりに熱い情熱を

その細やかな眼にも移して
褐色タイルの方室のなか
茶いろなラックの壁土に
巨きな四次の軌跡をのぞく
窓でもあるかとかかってゐる」（第六例）

という形ででてくる。更に童話「銀河鉄道の夜」には、「ジョバンニの切符」の節で、赤い帽子をかぶったせいの高い車掌が、「切符拝見」にくるところで、「幻想第四次」という少しちがった表現ででてくる。

「さあ。」ジョバンニは困つて、もぢもぢしてゐましたら、カムパネルラはわけもないといふ風で、小さな鼠いろの切符を出しました。ジョバンニは、すっかりあはててしまって、もしか上着のポケットにでも、入つてゐたかとおもひながら、手を入れて見ましたら、何か大きな畳んだ紙きれにあたりました。こんなもの入つてゐたらうかと思つて急いで出してみましたら、それは四つに折つたはがきぐらゐの大きさの緑いろの紙でした。車掌が手を出してゐるもんですから何でも構はない、やつちまへと思って渡しましたら、車掌はまつすぐに立ち直つて叮嚀にそれを開いて見てゐました。そして読みながら上着のぼたんやなんかしきりに直したりしてゐましたし、燈台看守も下からそれを熱心にのぞいてゐましたから、ジョバンニはたしかにあれは証明書か何かだつたと考へて、少し胸が熱くなるやうな気がしました。

「これは三次空間の方からお持ちになつたのですか。」車掌がたづねました。

「何だかわかりません。」もう大丈夫だと安心しながらジョバンニは、そっちを見あげてくつくつ笑ひました。

「よろしうございます。南十字へ着きますのは、次の第三時ころになります。」車掌は紙をジョバンニに渡して向うへ行きました。

カムパネルラは、その紙切れが何だつたか待ち兼ねたといふやうに急いでのぞきこみました。ジョバンニも全く早く見たかつたのです。ところがそれはいちめん黒い唐草のやうな模様の中に、をかしな十ばかりの字を印刷したもので、だまつて見てゐると、何だかその中へ吸ひ込まれてしまふやうな気がするのでした。すると鳥捕りが横からちらつとそれを見てあはてたやうに言ひました。

「おや、こいつは大したもんですぜ。こいつはもう、ほんたうの天上へさへ行ける切符だ。天上どこぢやない、どこでも勝手にあるける通行券です。こいつをお持ちになれあ、なるほど、こんな不完全な幻想第四次の銀河鉄道なんか、どこまででも行ける筈でさあ、あなた方大したもんですね。」

「何だかわかりません。」ジョバンニが赤くなつて答へながら、それを又たたんでかくしに入れました。（第七例）

私の記憶にあるのは、これくらいのものですが、これらの言葉は、「幻想第四次」と言っている「銀河鉄道の夜」における場合を除いて、その用語の上で明らかに共通の意味をもっている。それを私はミンコフスキーの四次元世界と呼んでいるあの言葉からきているものとごく自然に解するのであります。これについては賢治自身は説明しておりません。説明しておりませんけれども、彼が愛読書として、法華経と共に表紙も頁もすり切れるほど幾度も繰り返して読んだ本は、片山正夫の「化学本論」であり、この本は、物理化学についてのその当時では最も進んだ概論的な本の一つでありますから、賢治が新しい物理学について、相当の知識をもっていたことは確実で、それはまた賢治の詩や童話によっても知ることができるのであります。そうすると賢治が使っている言葉は、ミンコフスキー的用語であると見るのが最も自然でありますし、また賢治の用語をそれぞれの場合に押しつめて行っても、そこへ行くのであります。

ミンコフスキー以前にも、第四次元という言葉は使われていないわけではありません。ベルグソンは一八八九年に第一版を出した「意識に直接与えられたものについての試論」の中で「空間の第四次元」(une quatrième dimension de l'espace) という言葉を使っています。これは、ベルグソンが時間の本質と考えている、意識に直接与えられた事実としての内的持続に対して、時計で計られるような、空間化された等質の時間をいうので、これを第四次元の空間といってもよい。ベルグソンの哲学からいえばこれは時間のまちがった捉え方です。もっとも物理学ではこういう風に時間を捉えているので、哲学的にはまちがっていても、科学ではそれ以外に捉えようがないともいえる。ミンコフスキーはこのベルグソンの用語を或いは借りたものかも知れません。しかしベルグソンが否定的にこの言葉を使っているのに、ミンコフスキーは肯定的にこの言葉を使っている。そしてそのミンコフスキーによってこの言葉は一般的になったのであります。

アインシュタインの相対性原理によって、時間と空間とは函数関係をなし、各独立には存在しえないものとされた結果、真実の世界は時間と空間との統一としての世界、空間の三次元に対して時間というもう一つの次元が加わった世界になる。これがミンコフスキーの四次元世界と呼ぶところのものであります。今日ではこれを時空世界とも呼んでおります。従って四次元とは時空を意味し、第四次元とは時間を意味する。(この点ではベルグソンも同じですが、ベルグソンでは時間をそういう風に空間の第四次元とすることを、哲学的には容認しないのです)。賢治の用語法にも四次元と第四次元とのこの区別は表われています。「春と修羅」第一集の序詩における「第四次延長」は、その前に「心象や時間それ自身の性質として」とあるのを受けて、明らかに時間の意味でありますし、「浮世絵」における「巨きな四次の軌跡」はその前後を受けて明らかに時間と空間とをふくんだものです。「農民芸術概論綱要」の中では、その用語法はそんなにはっきりしていないようにも見える。というのは、「四次感覚」の場合には、「静芸術に流動を容る」とあるように、時間の要素を入れることによって流動は生まれるのでありますから、これを四次といっても第四次といっても差しつかえないとして「巨きな人生劇場は時間の軸を移動して不滅の四次の芸術をなす」という場合や、「嶮峻のその度ごとに四次芸術は巨大と深さとを加へる」という場合の「四次の芸術」或は「四次芸術」と、「第四次元の芸術」という場合とでは、一体意味がちがうのであるか同じであるか、という点が問題になるからであります。四次元世界（時空世界）第四次元世界（時間）とをはっきり区別する限りにおいては、ここでも区別しなければならないように見える。しかし賢治の芸術論の内容からいえば、これを区別するのはおかしい。そこのところに問題がでてくるのであります。

しかしこの問題は実際は簡単に解ける。われわれは「世界」という限り四次元世界と第四次元世界とを区別しなければならない。そして「春と修羅」第一集の序詩や「浮世絵」における第四次とか四次とかいう言葉は、延長とか軌跡とかいう言葉を受けて、「世界」を意味したから、はっきりした区別があったのであるが、問題が「世界」ではなく芸術となれば、四次と第四次とにそんな穿鑿はいらないので、従って四次の芸術も第四次元の芸術も、その意味するところは同じなわけになるのであります。

「銀河鉄道の夜」における「幻想第四次」の意味するところは、やや異っているように見えます。これは第一に死者の世界のことであります。従って生者たるジョバンニの切符を、「これは三次空間の方からお持ちになつたのですか。」と車掌が尋ねる。「三次空間」とはここではこの世を意味する。しかしこれはまたジョバンニの夢の中のことでもある。彼は夢に星めぐりをするのであります。どうしてこんな夢を見たかの心理的必然性も、その日が星祭りの日であったことや、学校の教室で先生が銀河の話を特別にしてくれたことや、何やかや重なりあっているから分る。しかしそれだけであるかというとそれだけではない。生者たるジョバンニはカムパネルラへの愛によって、一緒に銀河鉄道の旅をするのでありますが、彼のもっている切符は、鳥捕りがいうように、「ほんたうの天上へさへ行ける切符」、「天上どこぢやない、どこでも勝手にあるける通行券」なのであります。「こいつをお持ちになれあ、なるほど、こんな不完全な幻想第四次の銀河鉄道なんか、どこまででも行ける筈でさあ、あなた方大したもんですね。」

ここでは人間の心の或機能が第四次元をいわば創り出しているのであります。その第四次元は生者の世界と死者の世界とをつなぐものであり、夢の世界と現実の世界とを重ねあわせるものでもある。それは合理の至り得ぬ非合理の世界、神秘の世界である。しかしそれはこの世を全く離れた別の世界であるかというとそうではない。それはこの世と通い合っている世界、心の或る機能によってこの世の中に現ずる世界である。常人にはそれは見えぬ。しかしわれわれの心の持ち方を一つ変えることによってそれは常人にも見える世界である。その意味で、われわれが常識の世界で——また従来の科学の世界でそういうものと考えていた三次元の世界に対して、相対性理論による四次元世界がもっているその同じ意味を、常人の世界把握に対してこれはもっているということができるのであります。つまり「銀河鉄道の夜」におけるこの言葉の用法も、ミンコフスキー的用語を踏まえているので、その他の場合における用法と全く別様ではないのであります。「不完全な」という言葉もそれを示している。真実在である四次元世界の存在を予想して、初めて「不完全な幻想第四次」ということができるからであります。

以上、私は賢治の論文、詩、童話にわたって、四次とか四次元とか第四次元とかいう言葉の用語例を一応検討し、それが結局、直接或は間接に、ミンコフスキー的用語からきていることを結論したのでありますが、しかし賢治の意味したものは、ミンコフスキーからずれているし、またミンコフスキーを超えている。それは「銀河鉄道の夜」における用語例に端的に示されている。それればかりでなく、その用語例における意味が逆に他の場合の意味をもモディファイしていると見る時、それは一層よく理解できるのであります。その理由は、第一に、ミンコフスキーはどこまでも、科学の問題として四次元「世界」を問題にしたに対して、賢治は四次元「芸術」を問題としたからであります。ミンコフスキーの問題には全く芸術の問題はなかった。従って人生の問題もなかった。しかし賢治の問題は何よりも「芸術」の問題であり「人生」の問題であった。その「芸術」や「人生」の問題は「世界」の問題を背後にもっている。しかし賢治が「芸術」や「人生」を問題にした限りにおいて、その「世界」の問題は物理学の問題となるわけにはゆかないのでありまして、そこに、賢治の用語法がミンコフスキーの用語法をずれたり超えたりする所以のものがあるのであります。

しかしそのように当然ミンコフスキーの用語法をずれたり超えたりするとはいっても、それを「第四階級の芸術」とするまでにずれたり超えたりはしないのであります。ずれたり超えたりも、ミンコフスキー的用語法と全く離れるものではないので、「第四階級の芸術」というように、これを全く離れてしまっては、この用語法の意味はなくなるのであります。

なるほど賢治の中に第四階級的立場が全くなくはありません。詩の中にも、童話の中にも、そういう傾向の見えるものが少なからずあります。

詩で申せば、「春と修羅」第三集にある作品第一〇〇八番、第一〇一六番、第一〇二八番（つかれてねむいひるまごろ）、第一〇七九番（僚友）、第一〇八二番（稲作挿話）、第一〇八八番の如きは、明らかに社会感情の或傾斜を示したもので、それは第四階級的立場に通ずるものを持っていると言いえます。殊に作品第一〇八八番の「働くことの卑怯なときが　工場ばかりにあるのではない」のような言葉に出会うと、誰でも痛切にそれを感ずるでしょう。童話についていっても、例えば「オッペルと象」です。

「オッペルと来たら大したもんだ」というそのオッペルは、あわれな貧しい人達を搾取する無慈悲な物持と見ることができる。そうすると、あの気のいい白象は、そういう無慈悲な搾取者に搾取されている貧しいあわれな人となり、最後にその白象を救い出すために、仲間の象の大群がグララアガア、グララアガアと咆えながら、「森の中から花火みたいに野原の中へとび出し」、走って、走って、オッペルの小屋も屋敷も、オッペル自身をも、押しつぶし踏みつぶすのは、そういうあわれな人達が最後に団結して立ち上った姿だ、と解釈することもできないではない。一歩を進めて、この白象を、都市の工場労働者が農村にまぎれ込んだ姿と見ることもできなくはないので、この最後の想定はとにかく、この童話に何か寓意があるとすれば全体を今のように解釈するのは極めて自然であります。

更に「ポラーノの広場」では、地方政治のボスと見られる人物が登場し、賢治はこれを敵役として描くと共に、それに対抗して理想に生きようとする一群の若者達を描いている。


「さうだ、ぼくらはみんなで一生けん命、ポラーノの広場をさがしたんだ。けれども、やつとのことでそれをさがすとそれは選挙につかふ酒盛りだつた。けれども、むかしの、ほんたうのポラーノの広場はまだどこかにあるやうな気がしてぼくは仕方ない。」

「だからぼくらは、ぼくらの手でこれからそれを拵へようではないか。」

「さうだ。あんな卑怯な、みつともない、わざと自分をごまかすやうな、そんなポラーノの広場でなく、そこへ夜行つて歌へば、またそこで風を吸へば、もう元気がついてあしたの仕事中、からだいつぱい勢がよくて面白いやうな、さういふポラーノの広場をぼくらはみんなでこさえよう。」

「ぼくはきつとできるとおもふ。なぜならぼくらがそれをいまかんがへてゐたのだから。」


そこからも少し先の方へ読み進むと、更にこういう言葉もでてきます。

「さうだ、諸君。あたらしい時代はもう来たのだ。この野原のなかにまもなく千人の天才がいつしよに、お互に尊敬し合ひながらめいめいの仕事をやつて行くだらう。ぼくももうきみらの仲間にはいらうかな。」

「ああはいつておくれ。おい、みんな、キュースト[1]さんがぼくらのなかまへはいると。」

……………

「いや、わたくしはまだまだ勉強しなければならない。この野原へ来てしまつては、わたくしにはそれはいいことでない。いやわたくしははいらないよ。はいれないよ。……わたくしはびんぼうな教師の子どもにうまれてずうつと本ばかり読んで育つてきたのだ。諸君のやうに、雨にうたれ風に吹かれ育つてきてゐない。ぼくは、考へはまつたくきみらの考へだけれども、からだはさうはいかないんだ。けれどもぼくはぼくで、きつと仕事をするよ。ずうつと前からぼくは野原の富をいま三倍もできるやうにすることを考へてゐたんだ。ぼくはそれをやつてゆく。これからだよ。お互ひにしつかりやらう。」

ところで、その若者達の一群が実現した理想は何かというと、それは産業組合であった。「それから三年の後には、たうとうファゼーロたちは立派な一つの産業組合をつくり、ハムと皮と醋酸とオートミルは、モリーオの市やセンダードの市はもちろん、広くどこへも出るやうになりました。」

「オッペルと来たら大したもんだ」というそのオッペルにしても、童話のおもてに現われたところでは、「稲扱器械の六台も据ゑつけて、のんのんのんのんのんのんと、大そうもない音をたててやつてゐる」とはいっても、実際は大地主とまではいかない地主である。結局のところ、そこに描かれている世界は、いずれも地方生活の一場面にすぎない。これは童話「なめとこ山の熊」で一層はっきりします。ここで作者が「けれどもこんないやなずるいやつらは、世界がだんだん進歩するとひとりで消へてなくなつて行く。僕はしばらくの間でもあんな立派な小十郎が、二度とつらも見たくないやうなやつにうまくやられることを書いたのが、実にしやくにさはつてたまらない。」と言っているのが、実は猟師小十郎から熊の毛皮をいつもひどい安値で手に入れている町の荒物屋の旦那なのであります。ここには商業による不当な利益の獲得を悪として憎んでいる感情はあっても、それ以上には進んでいない。そしてその憎悪は一層多く宗教感情に結びついているのであります。

従ってここに見られる賢治の立場は、第四階級的立場というようなはっきりしたものではない。そこへ赴くような自然の傾斜はあるにはありますけれど、それはイデオロギーにはなっていない。賢治の社会感情は、自分が見聞した地方生活の場面としてのそういう個々の事実に向けられているのであって、はっきりした思想の形をとってはいないのであります。思想の形としては、これはのちほど申上げますが、別個の展望をもった思想が彼の心を領していたのであります。

私は昨年（昭和二十三年）長坂村の賢治の碑の除幕式に参りました際、花巻の宮沢家に寄って、いろいろ賢治の遺品を見せてもらってきました。その時賢治の蔵書目録を一覧して、賢治が社会主義関係の書物を相当蔵していたことが分った。これをどの程度に読んだか、その蔵書目録にはいっているものを悉く読んだかどうか、それは明らかではありません。が賢治の読書力からいって相当読んだことは推察せられます。またそれは「農民芸術概論綱要」の最後についているその一部のメモによってもわかります。しかし同じくそのメモが示しているところによりますと、賢治の思想的関心は甚だ博大で、社会主義というような特定のイデオロギー的立場をとらしめないことも分るのであります。

これは賢治が実践者として、その生活を常に大地につけようとしていたところから来ていると共に、一個の夢想家として、常に天上へ飛翔しようとしていたところからも来ているのであります。社会主義的思想は、実践者としての賢治にとっては地を離れすぎていたし、夢想家としての賢治にとっては、あまりに狭い地につきすぎていたのであります。しかも賢治にとっては、その実践者と夢想家とが完全に一つになっていて、そこにいささかの分裂もなかったのであります。こういう存在を私は、本質において宗教的な人間と考えておりますが、その意味において賢治は、何であるよりも宗教的な人間であった。第四次元の芸術と賢治が言っているものは、こういう宗教的人間の本質に即した芸術であったのであります。

その宗教的人間は「宗教家」にならないで、詩や童話をつくり、農民の友となって農民と共に生きた。

「おお朋だちよ　いつしよに正しい力を併せ　われらのすべての田園とわれらのすべての生活を一つの巨きな第四次元の芸術に創りあげようでないか」

ここで特に「田園」とか「生活」とかいう言葉を注意していただきたい。「田園」と「生活」

とを離れて彼の芸術はないのであります。十字屋版全集本で童話集全体の序文となっているもの（実際には、彼が「注文の多い料理店」を出版した時、広告文として書いたもの）には、次のように言っています。

「これは田園の新鮮な産物である。我等は田園の風と光との中からつややかな果実や青い蔬菜と一緒にこれらの心象スケッチを世間に提供するものである。」

更に「農民芸術概論綱要」の「序論」はその最初に次のような言葉を並べております。

「おれたちはみな農民である　ずいぶん忙しく仕事もつらい
もつと明るく生き生きと　生活をする道を見付けたい
われらの古い師父たちの中にはさういふ人も応応あつた
　近代科学の実証と求道者たちの実験とわれらの直観の一致に於て論じたい
　世界がぜんたい幸福にならないうちは個人の幸福はあり得ない

自我の意識は個人から集団社会宇宙と次第に進化する
この方向は古い聖者の踏みまた教へた道ではないか
新たな時代は世界が一つの意識になり生物となる方向にある
正しく強く生きるとは銀河系を自らの中に意識してこれに応じて行くことである」

これにつづいて「綱要」の全体にわたって更に幾つかの言葉を拾って見ましょう。

「曽つてわれらの師父たちは乏しいながら可成楽しく生きてゐた
そこには芸術も宗教もあつた
いまわれらにはただ労働が　生存があるばかりである
宗教は疲れて近代科学に置換され然も科学は冷く暗い
芸術はいまわれらを離れ然もわびしく堕落した
……………
いまやわれらは新たに正しき道を行き　われらの美をば創らねばならぬ」（農民芸術の興

隆）

「農民芸術とは宇宙感情の　地　人　個性と通ずる具体的なる表現である

……………

そは常に実生活を肯定しこれを一層深化し高くせんとする

………………

そは人人の精神を交通せしめ　その感情を社会化し遂に一切を究竟地にまで導かんとする」（農民芸術の本質）

「世界に対する大なる希願をまづ起せ

強く正しく生活せよ　苦難を避けず直進せよ

………………

なべての悩みをたきぎと燃やし　なべての心を心とせよ

風とゆききし　雲からエネルギーを取れ」（農民芸術の製作）

これらの言葉の中には、宗教と科学との究極における一致が、強い確信となっておりますが、その宗教と科学との一つになる、そういう世界の消息を語るものが、第四次元の芸術といってよいので、それこそ真に新しい社会的意義をもった芸術でもあるわけであります。こういう宗教と科学との最も高い意味における一致は、プランクやアインシュタインのような偉大な科学者の中にも、これをみることができる。アインシュタインの書いたものの中に、私は大体次のような趣旨の述べてあるのを読んだことがあります。――あらゆる真の科学者にとっては、世界というものはひとつの秩序ある統一として直観される。そういう直観をもって、初めて深い科学的研究というものもできる。ところがそういう直観は、いわば宇宙的宗教感情ということができるものと切り離し難くつながっているので、そういう宇宙的宗教感情をもつという点では、自分もまた宗教的な人間である。古来のすぐれた科学者たちは、すべてそういう宗教的感情をもっていたものである。

「銀河鉄道の夜」にも、こういう考え方に相応ずるような個所がある。汽車が南十字に近づくと、途中から乗ってきた、小さい男の子とその姉と家庭教師の青年とは降りることになる。その彼等に対してジョバンニが、「僕たちと一緒に乗つて行かう。僕たちどこまでだつて行ける切符持つてるんだ」といふ。それに対して、

「だけどあたしたち、もうここで降りなけあいけないのよ、ここ天上へ行くとこなんだから。」女の子がさびしさうに言ひました。

「天上へなんか行かなくたつていいぢやないか。ぼくたちここで天上よりももつといいとこをこさえなけあいけないつて僕の先生が言つたよ。」

「だつてお母さんもいつてらつしやるし、それに神さまも仰つしやるんだわ。」

「そんな神さまうその神さまだい。」

「あなたの神さまうその神さまよ。」

「さうぢやないよ。」

「あなたの神様つてどんな神さまですか。」

青年は笑ひながら言ひました。

「ぼくほんたうはよく知りません。けれどもそんなんでなしに、ほんたうのたつた一人の神

さまです。」

「ほんたうの神さまはもちろんたつた一人です。」

「ああ、そんなんでなしにたつたひとりのほんたうのほんたうの神さまです。」

ここにはキリスト教の唯一神に対する抗議がある。というよりあらゆる実定宗教がそれぞれの神をもっているのに対して、その如何なる神でもない、たった一人のほんとうの神への信頼と帰依とがある。そんな神があるか。あるとすれば如何なる神であるか。それはジョバンニには分っていない。賢治自身にも分っていなかったかも知れない。しかし賢治はそれを直観として、そしてまた感情として自分の中にもっていたので、それは結局、アインシュタインが宇宙的宗教感情と名づけたような、世界全体の秩序と統一とに対する根本直観と根本感情なのであります。そしてそれこそまたジョバンニの切符なのであります。ここにも「ぼくたちここで天上よりももっといいとこをこさえなけあいけないつてぼくの先生が言つたよ」というような言葉の中に、何よりも社会主義的理想を見ようとする人があるかも知れません。しかしそれは社会主義的理想と言い切ってしまっては狭きに過ぎる一層精神的なものなのであります。

「銀河鉄道の夜」の最後では、カムパネルラがいつか見えなくなってしまうので、ジョバンニが泣きだすと、

「おまへはいったい何を泣いてゐるの。ちよつとこつちをごらん」いままでたびたび聞えた、あのやさしいセロのやうな声がジョバンニのうしろから聞えました。

ジョバンニは、はつと思つて涙をはらつてそつちをふり向きました。

さつきまでカムパネルラの坐つてゐた席に黒い大きな帽子をかぶつた青白い顔の瘦せた大人が、やさしくわらつて大きな一冊の本をもつてゐました。

「おまへのともだちがどこかへ行つたのだらう。あのひとはね、ほんたうにこんや遠くへ行つたのだ。おまへはもうカムパネルラをさがしてもむだだ。」

「ああ、どうしてなんですか。ぼくはカムパネルラといつしよにまつすぐに行かうと言つたんです。」

「ああ、さうだ。みんながさう考へる。けれどもいつしよに行けない。そしてみんながカムパネルラだ。おまへがあふどんなひとでも、みんな何べんもおまへといつしよに苹果をたべ

たり汽車に乗つたりしたのだ。だからやつぱりおまへはさつき考へたやうに、あらゆるひとのいちばんの幸福をさがし、みんなといっしよに早くそこに行くがいい。そこでばかりおまへはほんたうにカムパネルラといつまでもいつしよに行けるのだ。」

「ああぼくはきつとさうします。ぼくはどうしてそれをもとめたらいいでせう。」

「ああわたくしもそれをもとめてゐる。おまへはおまへの切符をしつかりもつておいで。そして一しんに勉強しなけあいけない。おまへは化学をならつたろ、水は酸素と水素からできてゐるといふことを知つてゐる。いまはだれだつてそれを疑ひやしない、実験して見るとほんたうにさうなんだから。けれども昔はそれを水銀と塩でできてゐると言つたり、水銀と硫黄でできてゐると言つたり、いろいろ議論したのだ。みんながめいめいじぶんの神さまがほんたうの神さまだといふだらう。けれどもお互ほかの神さまを信ずる人たちのしたことでも涙がこぼれるだらう。それからぼくたちの心がいいとかわるいとか議論するだらう。そして勝負がつかないだらう。けれどももし、おまへがほんたうに勉強して、実験でちやんとほんたうの考へと、うその考へとを分けてしまへば、その実験の方法さへきまれば、もう信仰も化学と同じやうになる。……」

ここでは科学があまりに単純に語られているように見えます。科学ばかりでなく人生も信仰もあまりに単純に語られているように見える。しかしこれを童話における象徴的な表現と見れば、その目指している方向は分るし、そしてその方向は明らかにアインシュタインの場合と同一の方向を示しているのであります。それを賢治は東洋人らしく仏教的汎神論の形で述べている。その仏教的汎神論と近代科学との一致については、まだ十分人を納得させ得ぬところもないではない。もともとこの作品が未定稿であるということも勘定に入れねばならぬでありましょう。しかしそれにしても目指しているところは分るし、そしてそれの分る限りにおいては、それは明らかにアインシュタインの場合と同一の方向を示しているのであります。

二

賢治の生活と芸術とを規定した最も根本的なものとして、私はその自然体験と宗教体験と社会体験とを考えなければならない、と思うものでありますが、その三つの体験がいわば三位一体をなすところに、それの独自性がある。

自然体験は、中学時代から常に野や山を歩き廻り、好んで野宿をし、「風とゆききし　雲からエネルギーを取つて」きたその根源の体験に、地質学や土壌学や化学や星学などの豊富な知識をともなった教養体験が加わっている。またその宗教体験には、幼少の頃からの家庭の雰囲気や周囲の見聞によって、人生の無常と仏の慈悲との根本感情が培われた上に、大乗経典、殊に法華経の心読による世界観変革がある。しかしその世界観変革は、彼の自然体験並びに自然科学的知識とも切り離し難くつながり、それがまた、東北の貧しい農民達の生活を幼少の頃から目のあたりに見てきたところから徐々に培われた社会感情とも結びついて、そこに自然体験と宗教体験と社会体験との三位一体が形造られるのであります。そしてそれは同時に根源の体験と教養体験との融合ともなっているのであります。

賢治の家は昔質屋と古着屋とを兼ねておりました。後には金物屋になりましたが、賢治の小さい頃は、質屋と古着屋とを兼ねていて、そのために附近の貧しい農民達の生活の実状を、賢治は幼い心に深く刻みつけられたのであります。その家業を厭って、賢治はしばしば父親に訴えたという。彼が子供の時から野や山を歩くのを好んだというのも、そういう小さい心の中の悩みがあったからでありましょう。それはそのまま賢治の大きな自然体験となったわけでありますが、同時にその小さい心の悩みは、彼の社会感情や宗教感情をも培ったのであります。彼の自然科学の知識や、大乗仏教的世界観や、社会主義的思想傾向やは、この根源の体験の上に重ねられた教養体験なのであって、それらは後には、完全にひとつとなって融合しましたけれども、その間おのずから心層の深浅厚薄があるわけで、社会主義的思想傾向は、その幾重もの心層の僅かにひとつの——しかも浅くて薄い構成分をなすに過ぎないのであります。

ですから、さきに私が挙げた社会感情の或る傾斜をもった賢治の詩、作品第一〇〇八番、第一〇一六番、第一〇二八番（つかれてねむいひるまごろ）、第一〇七九番（僚友）、第一〇八二番（稲作挿話）、第一〇八八番の如きも、ごく自然に見て、第四階級的立場にたつものとはいいえないのであります。その中には、

　　働くことの卑怯なときが
　工場ばかりにあるのではない（作品第一〇八八番）

とか、

きみたちがみんな労農党になつてから
それからほんとのおれの仕事がはじまるのだ（作品第一〇一六番）

という様な言葉に出会いはしますが、その「きみたちがみんな労農党になつてから、それからほんとのおれの仕事がはじまるのだ」という、その「ほんとのおれの仕事」というのも、いわゆる社会運動ではなく、たっていわば法華経の行者としての使命感に結びついた仕事であることを、われわれは悟らされるのであります。童話「ポラーノの広場」や「なめとこ山の熊」にしましても、さっき挙げたような調子の言葉がでてくるとはいっても、主題はそこにはない。その主題は、もっと大きく世界を包む、人間も動物も草も木も星もみんなひとつにする愛の力でありま す。ですから「ポラーノの広場」のしまいの方では、最初敵意をもって描かれた山猫博士も、気の毒な存在とされていますし、その最後に若い者達の歌う歌は、

まさしきねがひに　いさかふとも

銀河のかなたに　ともにわらひ
なべてのなやみを　たきぎともしつつ
はえある世界を　ともにつくらん

とあるのであります。

「オッペルと象」だけはそうはいかない。これは主題そのものが、既に述べたようなところにあり、そこに寓意があるとすれば、その寓意も既に述べたようなものとしてこれを見るほかないのであります。しかしそれにしても、それはなんと美しくおおらかに、ユーモアとペーソスとをもって書かれていることでありましょう。これもまた決して「傾向文学」ではないのであります。

これは賢治の芸術観からもきていることであります。賢治は自分の詩作の態度を述べて言っている。「詩は裸身にて理論の至り得ぬ境を探り来る。そのこと決死のわざなり。イデオロギー下に詩をなすは、直観粗雑の理論に屈したるなり。」これは賢治にとっては、単なる理論ではなくて、体験に基いた信念であったでしょう。賢治の詩と童話とにはこの態度が一貫しております。勿論「決死のわざ」とは、えらがって肩肱をはったり、大声に喚き立てることでないと共に、むずかしい顔をして深刻そうなことを言うことでもありません。遊戯三昧に入るのもまた「決死のわざ」なのです。賢治の芸術のあの自由無礙はそこからきているのであります。

「オッペルときたら大したもんだ。稲扱器械の六台も据ゑつけて、のんのんのんのんのんのんと、大さうもない音をたててやつてゐる。

十六人の百姓どもが、顔をまるつきりまつ赤にして足で踏んで器械をまはし、小山のやうに積まれた稲を片つぱしから扱いて行く。藁はどんどんうしろの方へ投げられて、また新しい山になる。そこらは籾や藁から発つたこまかな塵で、変にぼうつと黄いろになり、まるで沙漠のけむりのやうだ。

そのうすくらい仕事場で、オッペルは、大きな琥珀のパイプをくわえ、吹殻を藁に落さないやう、眼を細くして気をつけながら、両手を背中に組みあはせて、ぶらぶら往つたり来たりする。

小屋はずゐぶん頑丈で、学校ぐらゐもあるのだが、何せ新式稲扱器械が六台もそろつてまはつてるから、のんのんのんのんのんのんふるふのだ。中にはいるとそのために、すつかり腹が空くほどだ。そしてじつさいオッペルは、そいつで上手に腹をへらし、ひるめしどきには、六寸ぐらゐのビフテキの、雑巾ほどあるオムレツの、ほくほくしたのをたべるのだ。とにかく、さうして、のんのんのんのんやつてゐた。

そしたらそこへどういふわけか、その白象がやつてきた。白い象だぜ、ペンキを塗つたのではないぜ。どういふわけで来たかつて？　そいつは象のことだから、たぶんぶらつと森を出て、ただなにとなく来たのだらう。

そいつが小屋の入口に、ゆつくり顔を出したとき、百姓どもはぎよつとした。なぜぎよつとした？　よくきくねえ、何をしだすか知れないぢやないか。かかり合つては大へんだから、どいつもみんな、いつしやうけんめい、じぶんの稲を扱いてゐた。

ところがそのときオッペルは、ならんだ器械のうしろの方で、ポケットに手を入れながら、ちらつと鋭く象を見た。それからすばやく下を向き、何でもないといふふうで、いままでどほり往つたり来たりしてゐたもんだ。

するとこんどは白象が、片脚床にあげたのだ。百姓どもはぎよつとした。それでも仕事が忙しいし、かかり合つてはひどいから、そつちを見ずにやつぱり稲を扱いてゐた。

オッペルは奥のうすくらいところで両手をポケットから出して、も一度ちらつと象を見た。それからいかにも退屈さうに、わざと大きなあくびをして、両手を頭のうしろに組んで、往つたり来たりやつてゐた。ところが象が威勢よく、前肢二つつきだして、小屋にあがつて来ようとする。百姓どもはぎくつとし、オッペルもすこしぎよつとして、大きな琥珀のパイプから、ふつとけむりをはきだした。それでもやつぱりしらないふうで、ゆつくりそこらをあるいてゐた。

そしたらたうとう、象がのこのこ上つて来た。そして器械の前のとこを、呑気にあるきはじめたのだ。

ところが何せ、器械はひどく廻つてゐて、籾は夕立か霰のやうに、パチパチ象にあたるのだ。象はいかにもうるさいらしく、小さなその眼を細めてゐたが、またよく見ると、たしかに少しわらつてゐた。

オッペルはやつと覚悟をきめて、稲扱器械の前に出て、象に話をしようとしたが、そのとき象が、とてもきれいな鶯みたいないい声で、こんな文句を言つたのだ。」

これが「オッペルと象」の書き出しですが、まあざっとこういう調子であります。そう、しまいまでこういう調子であります。こんな「傾向文学」というものはありません。「手帳より」の中には更に次のような自戒の語が記されています。

筆ヲトルヤマヅ道場観奉請ヲ行ヒ
所縁仏意ニ契フヲ念ジ
然ル後ニ全力之ニ従フベシ
断ジテ教化ノ考タルベカラズ！
タダ純真ニ法楽スベシ
タノム所オノレガ小才ニ非レ
タダ諸仏菩薩ノ冥助ニヨレ

第四次元の芸術は、このようにして「純真に法楽する」ところにのみ生まれるものであります。

賢治の詩の中には、自然の風景の如何にも生き生きした把捉の中に、堅い鉱物質の科学用語が空の星のようにちりばめられ、それがしかし装飾ではなく、「銀河系を自らの中に意識して」いる者の必然の表現となっているのでありますが、そういう表現が更に仏典的幻想と結びついているものがある。例えば「阿耨達池幻想曲」であります。

こけもの暗い敷物
北拘盧洲の人たちは
この赤い実をピックルに入れ
空気を抜いて瓶詰にする
どこかでたくさん蜂雀《ハニーバード》が鳴くやうなのは
たぶん稀薄な空気のせゐにちがひない
そのそらの白さつめたさ
辛度海から　あのたよりない三角洲から
由旬を抜いたこの高原も
やつぱり雲で覆はれてゐる……

けはしく繞る天末線《スカイライン》の傷ましさ
　　……ただ一かけの鳥も居ず
　どこにもやさしいけだものの
かすかなけはひもきこえない……
どこかでたくさんの蜂雀の鳴くやうなのは
白磁器の雲の向ふを
さびしく渡つた日輪が
いま尖尖の黒い巌歯の向ふ側
　……摩渴大魚のあぎとに落ちて
虚空に小さな裂罅ができるにさうゐない
　……その空虚こそ
　ちがつた極微の所感体
　異の空間への媒介者……
赤い花咲く苔の氈

もう薄明がぢき黄昏に入り交られる
その赤ぐろく濁つた原の南のはてに
白くひかつてゐるのは
阿耨達《あのたった》　四海に注ぐ四つの河の源の水
　……水ではないぞ曹達か何かの結晶だぞ
　悦んでゐて欺されたとき悔むなよ……

まつ白な石英の砂
音なく湛へるほんたうの水
もうわたくしは阿耨達池の白い渚に立つてゐる
砂がきしきし鳴つてゐる
わたくしはその一つまみをとつて
そらの微光にしらべてみやう
すきとほる複六方錐
人の世界の石英安山岩《デサイト》か

流紋岩《リパライト》から来たやうである
　……こいつは過冷却水だ
　わたくしは水際に下りて
　水にふるへる手をひたす
　　氷相当官なのだ……
いまわたくしのてのひらは
魚のやうに燐光を出し
波には赤い条《すじ》がきらめく

こういう仏典的幻想に、更にはっきりした社会的関心の結びついたものもある。例えば「毘沙門天の宝庫」であります。

　さつき泉で行きあつた
黄の節糸の手甲をかけた薬屋も

どこへ下りたかもう見えず
あたりは暗い青草と
麓の方はただ黒緑の松山ばかり
東は畳む幾重の山に
日がうつすりと射してゐて
谷には影もながれてゐる
あの藍いろの窪みの底で
形ばかりの分教場を
菊井がやつてゐるわけだ
そのま上には
巨きな白い雲の峰
ずゐぶん幅も広くて
南は人首《ひとかべ》あたりから
北は田瀬《たんせ》や岩根橋にまたがつてゐさう

あれが毘沙門天王の
珠玉やほこや幢幡を納めた
巨きな一つの宝庫だと
トランスヒマラヤ高原の
住民たちが考へる
もしあの雲が
ひでりのときに
人の祈りでたちまち崩れ
いちめん烈しい雨にもならば
まつたく天の宝庫でもあり
この丘群に祀られる
巨きな像の数にもかなひ
天人互に相見るといふ
古いことばも信ぜられ

またもう一度
人にはたらき出すだらう
ところが積雲そのものが
全部の雨に降るのでなくて
その崩れるといふことが
そらぜんたいに液相のます兆候なのだ
大正十三年や十四年の
はげしい旱魃のまつ最中も
いろいろの色や形で
雲はいくども盛りあがり
また何べんも崩れては
暗く野原にひろがつた
けれどもそこら下層の空気は
ひどく熱くて乾いてゐたので

透明な毘沙門天の珠玉は
みんな空気に溶けてしまつた
鳥いつぴき啼かず
しんしんとして青い山
左の胸もしんしん痛い
もうそろそろとあるいて行かう

ここには自然体験に直結した宇宙的感覚と、宗教的感情と社会的関心とが、時間と空間との不思議な交錯を通じて、渾然と一つになっております。もともとどこかの峠の上から、麓の景色や遠いまた近い山々を見渡しての抒情でしょう。「あたりは暗い青草」とありますから、北国の季節では晩夏と思われる。「東は畳む幾重の山に、陽がうつすりと差してゐて、谷には影もながれてゐる」とあるから、夕暮に近い午後のひと時でありましょう。これらの風景描写は簡潔で鮮明です。そこには自然と直接肌をあわせているものの直下の表現がある。作者は「その藍いろの窪みの底で、形ばかりの分教場を」やっている友人をそこで思い出している。そこにも、既に或る社会感情が流れていますが、それにはそれ以上入り込まないで、その真上に大きく幅広くひろがっている白い雲の峰から、仏教説話の毘沙門天を思い起こす。毘沙門天は北方を守護する仏法の守護神であり、また財宝を授ける神でもあるからです。ところがその毘沙門天への連想は、すぐまた刻下の社会的関心に結びつく。若しその毘沙門天の宝庫である巨大な雲が、ひでりの時に「人の祈りでたちまち崩れ、いちめん烈しい雨にもならば」、それこそ、「まつたく天の宝庫でもあり」、毘沙門天の信仰は「またもう一度、人にはたらき出すだらう」というのであります。「ところが積雲そのものが、全部の雨に降るのでなくて、その崩れるといふことが、そらぜんたいに液相のます兆候なのだ。」科学の実証するこの冷厳な事実によって、「大正十三年や十四年の、はげしい旱魃のまつ最中も、いろいろの色や形で、雲はいくども盛りあがり、また何べんも崩れては、暗く野原にひろがつた」が、「そこら下層の空気は、ひどく熱くて乾いてゐたので、透明な毘沙門天の珠玉は、みんな空気にとけてしまつた。」その科学の冷厳な事実を思って、「鳥いつぴき啼かず、しんしんとして青い山」を見ながら、作者の胸も「しんしん痛む」のであります。これはすでに左肺を患っている作者が、実際にその患部の痛みを感ずるのでありますが、しかしその痛みはそのまま心の痛みでもある。私はさっき、この詩にうたわれている季節を、多分晩夏だろうと申しましたが、晩夏であるかどうかはとにかく、旱魃の心配のある季節でしょう。「左の胸もしんしん痛い」は、その感情を直接に語っているのであります。

こういう賢治の詩と性質を同じくするものが、童話にもあります。たとえば「インドラの網」であります。インドラはリグヴェダ神話の神であり、インド教の神となると共に、仏典の中にも帝釈天として入っているのでありまして、これはやはり仏教的世界観と切りはなし難くつながっている。「インドラの網」はおそらく、賢治が山の中で夜を明かした、その昧爽の虹の七色とその太陽の黄金光からの幻想でありましょう。その幻想の中で作者は天人達が音もなくそこいらを舞っている姿を見る。最初は夕暮れから夜にかけての経過をも含んでいますが、それは前奏で本来の舞台は夜明けです。そこへ昔の天山南路のコータン遺跡から発掘された壁画の三人の天の子供達をも呼び出している。（これは「雁の童子」にも出てくる古代壁画の三人の天の童子で、賢治は何かの写真でこの西域発掘の壁画を見て、深い感銘を受けたのでしょう。）そうして作者はいつの間にか、コータン大寺でその天の子供達の壁画を描いた大画家になっている。それでいて、場所はとにかくイーハトーヴォの（つまり岩手県の）どこかの高原です。その現実の風景も生き生きと描かれている。そういう現実の風景と仏典の中の世界、更に仏教美術の遺品に見られる世界、そういうものが、時間と空間との不思議な交錯の中で、渾然と一つに融けあっているのであります。賢治は野宿をするのが非常に好きだったそうであります。これは賢治に親しかった人達もこれを語っております。事実賢治は多くの詩や童話の中に、その山や野原の野宿の際に得られたと思われるさまざまの幻想——特に夜明けの幻想をたびたび書いている。そのもっとも代表的なものが「インドラの網」であります。

その時私は大へんひどく疲れてゐて、たしか風と草穂との底に倒れてゐたのだと思ひます。

その秋風の昏倒の中で、私は私の錫いろの影法師にずゐぶん馬鹿ていねいな別れの挨拶をやってゐました。

そしてただひとり、暗いこけももの敷物《カアペット》を踏んで、ツェラ高原をあるいて行きました。

こけももには赤い実もついてゐたのです。

白い空が高原の上いっぱいに張って、高陵産の磁器よりもっと冷たく白いのでした。

稀薄な空気がみんみん鳴ってゐましたが、それは多分は、白磁器の雲の向うをさびしく渡った日輪が、もう高原の西を劃る黒い尖尖《とげとげ》の山稜の向ふに落ちて、薄明が来たために、そんなに軋んでゐたのだらうとおもひます。

私は魚のやうにあへぎながら、何べんもあたりを見まはしました。

ただ一かけの鳥も居ず、どこにもやさしい獣のかすかなけはひさへなかつたのです。

(私は全体何をたづねてこんな気圏の上の方、きんきん痛む空気の中をあるいてゐるのか。)

私はひとりで自分にたづねました。


こういう現実の世界の中に、やがて幻想の世界が入ってくる。


恐らくはそのツェラ高原の過冷却湖畔も天の銀河の一部と思はれました。

けれどもこの時は、早くも高原の夜は明けるらしかつたのです。

それは空気の中に何かしらそらぞらしい硝子の分子のやうなものが浮んで来たのでもわかりましたが、第一東の九つの小さな青い星で囲まれた空の泉水のやうなものが、大へん光が弱くなり、そこの空は早くも鋼青から天河石の板に変つてゐたことから実にあきらかだつたのです。

その冷たい桔梗色の底光りする空間を、一人の天人が翔けてゐるのを私は見ました。

(たうとうまぎれ込んだのだ。人の世界のツェラ高原の空間から、天の空間へふつとまぎれこんだのだ。)私は胸を躍らせながら斯う思ひました。

天人はまつすぐに翔けてゐるのでした。

(たしかに一瞬百由旬を飛んでゐるぞ。けれどもよく見ろ、少しも動いてゐない。少しも移らずに、たしかに一瞬、百由旬づつ翔けてゐる。実にうまい。)

わたくしは斯うつぶやくやうに考へました。

天人の衣はけむりのやうにうすく、瓔珞が昧爽の天盤から、かすかな光を受けました。

(ここらは空気の稀薄が殆んど真空に均しいのだ。だからあの繊細な衣のひだを、ちらつと乱す風もない。

彼は重力の作用を感ぜぬ。)私は思ひました。

天人は紺いろの瞳を大きく張つて、またたき一つしませんでした。その唇は微かに哂ひ、まつすぐに翔けてゐました。けれども少しも動かず、また変りませんでした。

（ここではあらゆる望みがみんな浄められてゐる。願ひの数はみな寂《きよ》められてゐる。

重力は互に打ち消され、冷たいレモンの匂が顫ふばかりなのだ。だからあの天衣の紐も波立ず、又鉛直に垂れないのだ。）

空があやしい葡萄瑪瑙の板に変り、その天人の姿をもう私は見ませんでした。ちやうどレンズの焦点をはづれたのです。

（やつぱりツエラの高原だ。ほんの一時のまぎれ込みなどは結局あてにならないのだ。）斯う私は自分で自分に誨《をし》へるやうにしました。けれどもどうもをかしいのは、あの天盤の冷たいまるめろに似たかほりが、まだその辺に漂ってゐるのでした。私は又ちらつとさつきのあやしい天の世界の空間を夢のやうに感じたのです。

（こいつはやつぱりをかしいぞ。天の空間は私の感覚のすぐ隣りに居るらしい。みちをあるいて黄金いろの雲母のかけらがだんだんたくさん出て来れば、だんだん花崗岩に近づいたなと思ふのだ。ほんのまぐれあたりでもあんまりたびたびになると、たうとうそれがほんとになる。きつと私はもう一度この高原で天の世界を感ずることができるだらう。）

私はさびしく反省し空から瞳を高原に転じました。まつ白な砂。湖は緑青よりももつと古び、その青さは私の心臓まで冷たくしました。ふと私は私の前に三人の天の子供らを見ました。みな霜を織つたやうな羅《うすもの》をつけ、すきとほる沓をはき、私の前の水際に立つてしきりに東の空をのぞみ、太陽の昇るのを待つてゐるやうでした。東の空はもう白く燃えてゐました。私はこの子供らのひだのつけやうから、明らかにガンダーラ系統なのを知りました。たしかに干闐《コータン》大寺の廃趾から発掘された壁画の中の三人なことを知りました。私はしづかにそつちに進み驚かさないやうにごく声低く挨拶しました。

「お早う、干闐大寺の壁画の中の子供さんたち。」

三人は一緒にこつちを向きました。その瓔珞のかがやきと黒い厳めしい瞳。

私は進みながら又言ひました。

「お早う。干闐大寺の壁画の中の子供さんたち。」

「お前は誰だい。」

右はじの子供がまつすぐに瞬もなく私を見て訊ねました。

「私は前に干闐大寺であなたがたを壁画に書いたものです。」

「何しにきたんだい。」少しの顔色もうごかさず、じつと私の瞳を見ながらその子は又斯う言ひました。

「お日さまををがみたいと思つてです。」

「さうですか。もうぢきです。」三人は向ふを向きました。瓔珞は黄や橙や緑の針のやうなみぢかい光を射、羅は虹のやうにひるがへりました。

大きな湖の向ふの鶯いろの原のはてから早くも燃え立つ白金の空のはてから溶けたやうなもの、なまめかしいもの、古びた黄金、反射炉の中の朱、一きれの光るものが現われました。

天の子供らはまつすぐに立つて、そつちへ合掌しました。

それはたしかに太陽でした。厳かにそのあやしい円い溶けたやうなからだをゆすり、間もなく正しく空に昇つた天の世界の太陽でした。

光は針や束になつてそそぎ、そこいらいちめんかちかち鳴りました。

天の子供らは、夢中になつてはねあがり、まつ青な静寂印の湖の岸、硅砂の上をかけまはりました。いきなり私にぶつつかり、びつくりして飛びのきながら、一人が空を指して叫びました。

「ごらん、そら、インドラの網を。」

私は空をみました。いまはすつかり青ぞらに変つたその天頂から、四方の青白い天末までいちめんはられたインドラのスペクトル製の網、その繊維は蜘蛛の絲より細く、その組織は菌絲より緻密に、透明清澄で黄金で又青く幾億、互に交錯し光つて顫へて燃えました。

「ごらん、そら、風の太鼓。」も一人がぶつつかつてはあはてて遁げながら斯う言ひました。ほんたうに空のところどころ、マイナスの太陽ともいふやうに、暗く藍や黄金や緑や灰いろに光り、空から陥ちこんだやうになり、誰も敲かないのにちからいつぱい鳴つてゐる、百千のその天の太鼓は、鳴つてゐながら、それで少しも鳴つてゐなかつたのです。私はそれをあんまり永く見て眼も眩くなりよろよろしました。

「ごらん、蒼孔雀を。」さつきの右はじの子供が、私と行きすぎるときしづかに斯う言ひました。まことに空のインドラの網のむかふ、数しらず鳴りわたる太鼓のかなたに、空一ぱいの不思議な大きな蒼い孔雀が、宝石製の尾ばねをひろげかすかにくらくら鳴きました。その孔雀はたしかに空にはをりました。けれども少しも見へなかつたのです。たしかに鳴いてをりました。けれども少しも聞こえなかったのです。

そして私はほんたうに、もうその三人の天の子供らを見ませんでした。

却って私は草穂と風の中に白く倒れてゐる私のかたちをぼんやり思ひ出しました。

途中少し抜かしましたけれども、草の穂の中に倒れ、夕方から夜明けにかけて、広大な自然の世界の中にいて、だんだん夜明けを迎える。空を見ながらその広大な風景を仏典的な幻想と一つにして、ここでは感じとっているのであります。ここでは明らかに感覚もまたあらゆるものに打開いている。しかしその感覚は、もはや普通の時間における感覚、普通の空間における感覚ではないので、天人の飛ぶのを見、天鼓の鳴るのを聞き、コータン大寺の遺跡から発掘された壁画の中の三人の天の子供達と話をかわし合うような、そういう感覚であります。しかもそれでいて、その超現実の世界は、現実の世界と切り離せない。むしろ超現実が現実になっている。現実とは超現実の現実である。しかしそれはどこまでも現実の中にある超現実である。こういう世界が――というのは「阿耨達池幻想曲」や「毘沙門天の宝庫」や、更に一層複雑な「銀河鉄道の夜」をも含めていうのでありますが――四次感覚において捉えられた世界、四次元の世界であります。こういう世界の消息を語るものを、賢治は第四次元の芸術といっているのだ、とそう私は信ずるのであります。

三

しかし私はその「阿耨達池幻想曲」や「毘沙門天の宝庫」や、「インドラの網」や「銀河鉄道の夜」だけが、そういう芸術であるとは考えておりません。これらの作品が、四次感覚とか四次元とかいう言葉を、最も分りやすく解明してくれると思ったので、先ずそれを例にとったまでであります。さっきの趣旨を押し拡げれば、賢治の作品はことごとくそれである、といってもよいのであります。ことごとくと言ったのには、実際にはいささか誇張がある。詩にも童話にも、いくつかの部類があって、その間には明らかに、四次元的性格の多少や厚薄がある。それを全く持っていない、といわねばならぬようなものもないではない。

賢治の詩を私はその発想と表現との上からほぼ五つの部類にわけることができると思っております。

第一類は、彼自ら心象スケッチと呼ぶもので、「春と修羅」第一集から第四集までの詩は多くこの部類に属します。

しかしわれわれはその中に「永訣の朝」や「松の針」のような、抒情の純粋性を貫いたものを第二類とし、作品第一〇〇八番、第一〇一六番、第一〇二八番、第一〇五三番（「政治家」）、第一〇七九番（「僚友」）、第一〇八二番（「稲作挿話」）、第一〇八八番のような、社会感情の一定の傾斜を示したものを第三類として、区別することができる。第二類は、数としてさほど多くありませんが、後年の文語詩の中にもこれを見ることができますし、第三類は、数にしても相当にあり、昭和二年後の作品には、文語詩をも含めて特に多くなっています。「県技師の雲に関するステートメント」や「和風は河谷いっぱいに吹く」「停留所にてスヰトンを喫す」なども、この部類の中に亜種として含めることができるでありましょう。

第四類としては、文語詩をあげることができる。これは発想においては心象スケッチに通ずるものもあり、純抒情詩的なものもあり、更に社会感情の一定の傾斜から生まれたものもありますが、表現において前のものと異り、殊に七五や五七の双四聯を中心とした定型詩への意欲を強く示しているところから、その形式の制約によって、明らかに自由な表現を阻まれているのであります。

さて第五類は、「手帳より」の諸篇に代表せられるもので、これは苦しい病床にあってのひそかな祈りや、自戒の語や、そうでなくても、詩をつくるという意識とは異った意識で書かれた、詩でない詩であります。「雨ニモマケズ」がその頂点をなすものであります*。

* 筑摩版全集に初めてその全容を示した「疾中」三十三篇のなかばは第一類に入るが、なかばはこの第五類に入る。（後記）

これら五つの部類の中で、第四次元の芸術という名に最もふさわしいものは、第一類と第五類とである。そして賢治の詩の傑作も多くはそれらの中にあるのであります。（第二類と第三類との中にも幾多の傑作がありますけれど、それらは第四次元の芸術という特色には欠けている。）

童話についても、詩と同様やはりこれをいくつかの部類にわけることができます。

第一類は「雁の童子」、「二十六夜」、「竜と詩人」の如く仏教説話につながるものであり、第二類は「ざしき童子」、「狼森と笊森と盗森」、「水仙月の四日」、「雪渡り」、「とつこべとら子」、「山男の四月」、「山男と紫紺染」、「祭の晩」等の如く民話的題材に発想したもの、その亜種に「鹿踊のはじまり」や「なめとこ山の熊」がある。第三類は「二人の役人」、「毒もみの好きな署長さん」、「税務署長の冒険」、「葡萄水」の如く地方生活の諷刺的場面、第四類は動物や植物や時には天体や人工物などをも擬人化して主人公にしたもので、数からいうとこれが一番多い。「カイロ団長」、「蛙のゴム靴」、「猫の事務所」、「やまなし」、「貝の火」、「ツェねずみ」、「蜘蛛となめくぢと狸」、「いてふの実」、「かしはばやしの夜」、「月夜のでんしん柱」、「シグナルとシグナレス」、「鳥箱先生とフウねずみ」、「気のいい火山弾」。この部類の多くを賢治は特に寓話と呼んでいる。第五類は「グスコーブドリの伝記」のような架空の人間の、また「虔十公園林」のような半ば実在の人間の、言行録とも呼ぶべきもの、そして第六類は「銀河鉄道の夜」や「セロ弾きのゴーシュ」や「風の又三郎」や「オッペルと象」や「北守将軍と三人兄弟の医者」や「注文の多い料理店」など、現実と架空との境における異常な経験や出来事を扱ったものであります。ほかにも「ビヂテリアン大祭」のような全く独特な、本来童話となりようのない題材を童話風に仕立てあげたものもありますが、これは一部類に分けるほどのものではないので、省きました。

しかし六つの部類に分けたものでもその分け方に問題がなくはないので、「風の又三郎」は第二の民話的題材に発想したものの中に入れることもできますし、民話的題材に発想したものでも、「山男と紫紺染」とか「祭の晩」とか「なめとこ山の熊」とかいうようなものは、地方生活の場面を描いたものとすることもできる。更に「なめとこ山の熊」は猟師の小十郎という人物を中心として、これを第五類に含めることもできないではない。第四類の中の「蜘蛛となめくぢと狸」の如く、動物を主人公としたものでも、実際においては地方生活の痛烈な諷刺を含んでいるものがあり、そういうものは、ほかにも「蛙のゴム靴」、「カイロ団長」、「猫の事務所」など沢山あります。しかし一応以上のように分類することができるとすると、ここでも第四次元の芸術の名に最もふさわしいものと、それほどでもないものとの区別をつけられます。ここでは第六類と第五類とがその名に最もふさわしく、それに次いで第一類、そしてあとは第四類、第二類、第三類という順序になります。

もちろん、詩においても、あらゆる部類の中にその名に値いするものがあると同様、童話においても、あらゆる部類の中にその名に値いするものがある。さきにあげた、十字屋版全集本で童話集全体の序文となっているものには「この童話集の一列は実に作者の心象スケッチの一部である」とはっきり言っているように、賢治は詩と童話とを、文学の形式としては区別しても、表現の本質においては区別しなかったのであります。しかし「税務署長の冒険」や「葡萄水」や「毒もみのすきな署長さん」や「二人の役人」や、こういうものを地方生活の諷刺的場面として、第三類を代表するものとすれば、これらの作品は第四次元芸術の名にふさわしくない。(これは作品の面白い面白くないとは別のことであります。) その意味で、私は先のように言ったのでありま す。しかし「ポラーノの広場」をこの第三類に入れるなら、それはやはり第四次元の芸術の名前に値いする。（ここでも作品の面白い面白くないはもう一つ別の問題になるのであります。）そして「なめとこ山の熊」や「祭の晩」のような第二類に属するものをも、既に申したような意味で第三類にいれるならば、それらの作品もまた第四次元の芸術の名に値いするのであります。

ここで四次元世界は「銀河鉄道の夜」におけるよりなお一層ミンコフスキー的意味から逸脱する。それは、浅い人間の知恵の支配することのできぬ一層深い世界、宗教の神秘に通じた世界、その最も深い意味において、宗教と科学との一つになっている世界を言い表わしているのでありますそれはそう解しても全くミンコフスキー的意味から離れてしまったものとはならないので、この言葉がそういう意味を賢治において持つようになったのも、こういう世界が従来の世界感覚や世界認識では捉えることのできぬ世界――一言にしていえば平行線の交わる世界だからであります。しかしこれが単なる超現実の世界、ただ神秘だけの世界であるかというと、そうでもない。それはあくまでも現実の世界なのであります。

その間の消息を伝えているのが、童話「十力の金剛石」であります。虹を追って宝石を探しに出た王子と大臣の子とが、まわりを森にかこまれて、原いっぱいの花も葉も枝も茎も宝石でできている不思議な原へやってくる。そこでは雨やあられも宝石だった。二人は夢中になる。ところが、そこのリンドウもウメバチソウも野バラの木もみんな悲しそうで、悲しみの歌をうたっている。王子も大臣の子も不思議がって花たちに聞くと、十力の金剛石がこないからだという。そしてみんながその十力の金剛石の美しさと功徳とをたたえる。そのうちに「来た来た。ああ、とうとう来た。十力の金剛石がたうとう下つた。」と花たちが喜んで叫び、木も草も青空も一度に高く歌いだす。

急に声がどこか別の世界に行つたらしく聞へなくなつてしまひました。そしていつか十力の金剛石は丘いつぱいに下《くだ》つて居りました。そのすべての花も葉も茎も、今はみなめざめるばかり立派に変つてゐました。青い空からかすかなかすかな楽のひびき、光の波、かんばしく清いかほり、すきとほつた風のほめことばが丘いちめんにふりそそぎました。

……………………

その十力の金剛石こそは露でした。

ああ、そしてその十力の金剛石は露ばかりではありませんでした。碧い空、かがやく太陽、丘をかけて行く風、花のそのかんばしいはなびらや、しべ、草のしなやかなからだ、すべてこれをのせ、になふ丘や野原、王子たちのびらうどの上着や涙にかがやく瞳、すべてすべて十力の金剛石でした。

この童話は寓意があまりあからさまで、賢治の作品としては出来のよいものではありません。しかし寓意があからさまなだけに、はっきりしている。それは結局、この世の中のそのままの中に不思議があるので、ただ不思議だけの世界は本当の世界ではないこと、言いかえれば、超現実だけの世界は四次元の世界とはいわれないので、四次元の世界は現実の世界を離れてはないこと、四次元の世界は実際にこの世だということ、を語っているのであります。

これはあらゆる存在の中に、路傍の石にも空の微塵にも仏すなわち神を見る仏教的汎神論の立場に一致する。そしてこれこそ世界全体が一つの生きものになるということであり、世界の究極の原理が愛だということでもあります。そして丁度その原理にかなうように、「十力の金剛石」はもう一つの寓意をもっております。王子が最初虹を追って夢中で森の道を急いでいる時、サルトリイバラが緑色の沢山のかぎを出して、王子の着物をつかんで引き留めようとした。離そうとしてもなかなか離れないので、王子は面倒臭くなって、剣をぬいていきなり小藪をばらんと切ってしまう。しかし最後に迎えのけらいたちを見て王子も叫んで走ろうとした時、「一本のサルトリイバラがにはかに、すこし青い鈎を出して、王子の足を引つかけ」ますと、「王子はかがんでしづかにそれをはづした」のであります。

こう見て参りますと、賢治の詩と童話とのすべての世界が、四次元の世界になる。というのはいいいいいいいいいいいいいい、賢治自身の中にその四次元の世界があるので、賢治のあらゆる作品は、当然その内部世界の表現となっているからであります。

賢治は「注文の多い料理店」の序文の中で、こういうことを言っております。

「ほんたうに、かしはばやしの青い夕方を、ひとりで通りかかつたり、十一月の山の風のなかに、ふるへながら立つたりしますと、もうどうしてもこんな気がしてしかたないのです。ほんたうにもう、どうしてもこんなことがらがあるやうでしかたないといふことを、わたくしはそのとほり書いたまでです。」

賢治にとっては、「どんぐりと山猫」で、赤いずぼんをはいたどんぐり達が、わあわあわあわあわあ、頭のとがっているのは頭のとがっているのが一番えらいと言い、頭のまるいのは頭のまるいのが一番えらいといい、なりの大きいのやせいの高いのは、またそういうのが一番えらいと言って、裁判官の山猫を弱らせているのも、「月夜のでんしんばしら」で、電信柱の軍隊が、「ドッテテドッテテ、ドッテテド」と、昔ふうの軍歌をうたいながら行進するのも、「注文の多い料理店」で、山の中の不思議な料理店に二人の生意気な都会の猟人が入ってひどい目にあうのも、みんな「もうどうしてもこんなことがらがあるやうで しかたないといふことを、そのとほり書いた」ものなのであります。そして「注文の多い料理店」以後の、一層不思議な、一層ありえないようなことを書いた童話も、すべて同じように、「もうどうしてもこんなことがらが あるやうでしかたないといふことをそのとほり書いた」ものにほかならないのであります。

賢治の詩には、草や風や日光や空や雲や、そういう自然の、色や香や音や輝きやが、自然のままのリズムで生きております。それは賢治が風とゆききし、雲からエネルギーをとっているからで、そこに賢治の詩の最も大きな特色があるのでありますが、これは童話についても変りはない。先に引用した「注文の多い料理店」の序文の言葉は、実は次のような言葉に続くものなのであります。

わたくしたちは、氷砂糖をほしいくらゐもたないでも、きれいにすきとほつた風を食べ、桃いろのうつくしい朝の日光をのむことができます。

またわたくしは、はたけや森の中で、ひどいぼろぼろのきものが、いちばんすばらしいびろうどや、羅紗や宝石いりのきものに、かはつてゐるのをたびたび見ました。

わたくしはさういふきれいなたべものやきものをすきです。

これらのわたくしのおはなしは、みんな林や野はらや鉄道線路やらで、虹や月あかりからもらつてきたのです。


童話は元来どんな童話でも、こういう世界を扱うものであります。童話の母胎は、神話や伝説や民話でありますから、賢治の童話における仏教説話につながるものや、民話的題材から発想したものも、その点では他奇ありませんし、動物や植物や天体や人工物の擬人化も、童話では常に行われている。ですから、ゴーシュが夜中にゴシゴシ、セロをひいていると、狸の子が楽譜をゴム・テープで背中にくっつけて出てきても、カン蛙やブン蛙やベン蛙が、毎日雲見をして、あの雲はどうも実に立派だね、だんだんペネタ型になるねとか、永遠の生命を思わせるね、などと話し合っても、それだけでは別に何でもないことです。そのウィットやユーモアに常人の及ばぬところはあっても、それも大したことではない。ただ一つ、賢治の童話が類を絶しているのはその童話の世界へわれわれを引き込んで行くその力であります。それは「銀河鉄道の夜」で、夢の中のような薄明の世界に、われわれをいつの間にか引き入れてしまうだけではない。山男の世界にも、梟法師の世界にも、小狐紺三郎の世界にも、クねずみやツェねずみの世界にも、鳥箱先生の世界にも、猫の事務所にもすぐわれわれを引き入れてしまう。それは結局のところ賢治が実際にそういう世界のあることを、どうしてもそんな出来事が起ったにちがいないことを、自己の感覚と自己の心とをもって、感じていたからであります。世の常の童話では、それは想像による架空の世界であるか、道徳的寓意の世界であるかにすぎない。作者はそれをただでっち上げたので、そういう世界の実在を信じてはいない。もうどうしてもこんなことがあるようでしかたがないとは思っていない。従ってわれわれをその中に引き込む力をもたない。というのは、どんな人間でも、自分の信じていないことを人に信じさせることはできないからであります。

　これは才能の多少ではありません。感覚のちがい、心のちがいであります。ということは、賢治におけるような汎神論的原体験の強度と深度とをもつものが、ほかにないということでありますが、四次元世界というのも、第四次元の芸術とこれを結びつけていえば、その汎神論的原体験の世界ということになるのであります。これを賢治は、その自然体験と宗教体験と社会体験との三位一体の中に現じました。しかし賢治の宗教的人間としての本質は、それを究極において汎神論的原体験として捉えたのであります。賢治の詩や童話が――特に童話が、何か全くちがった世界にわれわれを引き込んで行く魅力をもちながら、その引き込んでゆく力に、作品によってひらきがあるのは、その原体験がそこに生かされている度合によるのであります。

地方生活の諷刺的場面の多くが、第四次元の芸術の名に値いしないのは、そこには、そういう原体験の生かされる余地が少いからであり、また、あまりにあからさまな寓意のあるものに、われわれを引き込んで行く力の弱いのは、そういうものには、その原体験の生かされる生かされ方が浅いからでありましょう。

しかしその生かされ方は、単純一様ではない。例えば「月夜のでんしんばしら」や「シグナルとシグナレス」には、文明の利器に対する農民の素朴な驚嘆が、その擬人化の根基にあり、それが、その童話の独創性になっていますが、これもまた、あらゆる存在に生命を見る汎神論的原体験の一表現になっている。「ビヂテリアン大祭」は、菜食主義者の生活信条を主題にしたもので、童話というより論文といった方がよいものでありますけれど、しかしそれをやはり立派な一個の童話としているところに特色のあるもので、そこに基調となっているものも、汎神論的原体験でありますその汎神論的原体験は、世界の理想にもつながる。「ポラーノの広場」で、「さうだ、諸君。あたらしい時代はもう来たのだ。この野原のなかにまもなく千人の天才がいつしよに、お互に尊敬し合ひながらめいめいの仕事をやつて行くだらう。」とある言葉は、「業の花びら」異稿の中で、

ああたれか来てわたくしに言へ
幾億の巨匠が並んでうまれ
しかも互に相犯さない
明るい世界はかならず来る、と

とあるに応ずるものであり、そしてそれは更に、「農民芸術概論綱要」の「農民芸術の産者」の項に、

ここには多くの解放された天才がある
個性の異る幾億の天才も併び立つべく斯て地面も天となる

とあるに応ずるものであって、ここに汎神論的原体験は、はっきりした一つの理想の世界を指し示しているのであります。こういう発想と表現との多面性を追跡すればきりがない。しかもそれらが結局一に帰するというのは、賢治という一個の天才の中にその根源があるからで、すべてはその根源の必然性によるのであります。その根源は——すなわち、賢治の中にある四次元の世界は、本来無色透明でありますが、それが仏教説話や東北の民話や、動物や植物や銀河や風や雪や、地方生活の場面や、人間の形を借りた思想や願いや、どっかにあった奇妙な出来事や、科学的認識やのプリズムを通して、更に七つの色に映発するのであります。しかし更にもう一度いえば、その根源はただ一つ、賢治自身の中にあった四次元の世界なのであります。第四次元の芸術とは、畢竟その内にあるものの外に現われた形なのであります。

修羅のなみだ

賢治の文学の背後にあるものについて

昭和二十五年十月十二日
松本市蟻ケ崎高等学校における講演

宮沢賢治の文学の今日における意味を、私はかつて賢者の文学という性格に見、それを代表するものとして「雨ニモマケズ」というあの詩を採り上げたことがありました。しかし「雨ニモマケズ」があまりに単純素朴な表現をとっているために、それが実際には複雑なものを背後にひそめていることを人々は見逃がしがちであり、ひいてこの詩の精神の高さを解し得ないうらみがあった。多くの人達は実際「農民芸術概論綱要」はむずかしいが、「雨ニモマケズ」はやさしいと思っている。そのためかどうか「農民芸術概論綱要」はかつて文部省制定の高等学校教科書に入れられていたのに対して、「雨ニモマケズ」は中学校一年の教科書に入れられていたのでありま す。なるほど言葉の上だけからいえば、「雨ニモマケズ」には何のむずかしい言葉もなく、誰にでもすぐわかる。しかし実際にはこの詩は、そんなに誰にでもわかるという詩ではなく、なかなか奥のある詩なのであります。というのは、こういう単純素朴な言葉で言い切るまでには、長い思念と実践との過程があったので、そういう思念と実践との苦しい過程を思い見ない限り――つまりこれがさまざまな否定を経た後の肯定であるということを理解しない限り、この詩はほんとうにはわからないのであります。学校でこの詩を教わった中学一年生が「サウイフモノニワタシハナリタイ」と賢治が言っているそういうものには自分はなりたくない、と先生に抗議したという話を私はいつか聞きましたが、中学一年生がそんなふうに思っても少しも不思議ではない。彼等はこの詩を単純肯定の形でうけとるので、それが如何に多くの否定を経てきたものであるかを知らないからであります。

ものは単純であればあるほど難しい、というと逆説になります。私はそういう逆説を好まない。しかし単純と見えるものの中には、世の常の複雑より一層複雑なものがあるのは事実で、この事実の体得こそ昔から賢者の知恵の核をなすものであると私は考えている。賢治はそういう単純をここでは祈念しているのであります。そこで私は、しばらく、特にこの詩を念頭に置きながら、一般に賢者の文学としての賢治の文学の背後にあるものを問題として採り上げたいと思うのであります。

賢者の文学に対して、私は近代文学一般の特質を、常人以上に煩悩のとりことなり、常人以上に過ちを犯し、常人以上に弱い人間の文学としましたので、先ず人間煩悩の世界と結びつけて話をすすめたいと思います。これは賢治が人間煩悩の世界と無縁の人であったなどということではない。賢治の讃美者の中には賢治を理想化するあまり、賢治が全く人間煩悩の世界とは無縁の人であったように思っているものもある。事実彼は一生童貞を通しましたし、その近親や知友の伝えるさまざまな逸話の中にはそう思わせるものも数々あって、一時賢治菩薩というような言葉さえ一部の人達に使われたほどであります。しかし人間が人間であることを知るものにとっては、そういう考え方をすることはできないので、賢治の詩や童話を見ても、またその手紙を見ても、われわれはそういう考え方の誤りであることを知るのであります。賢治もまた一個の人間として、人間的煩悩に常に悩んだ人であった。それをもっともよく語るものとして私は詩「春と修羅」を挙げたい。

春と修羅

(mental sketch modified)

心象のはひいろはがねから
あけびのつるはくもにからまり
のばらのやぶや腐植の湿地
いちめんのいちめんの諂曲《てんごく》模様
　（正午の管楽《くわんがく》よりもしげく
　　琥珀のかけらがそそぐとき）
いかりのにがさまた青さ
四月の気層のひかりの底を
唾《つばき》し　はぎしりゆききする
おれはひとりの修羅なのだ
　（風景はなみだにゆすれ）
砕ける雲の眼路《めじ》をかぎり
　れいらうの天の海には

聖《せい》玻璃《はり》の風が行き交ひ
ZYPRESSEN春のいちれつ
くろぐろと光素《エーテル》を吸へば
その暗い脚並からは
天山の雪の稜さへひかるのに
（かげろふの波と白い偏光）
まことのことばはうしなはれ
雲はちぎれてそらをとぶ
ああかがやきの四月の底を
はぎしり燃えてゆききする
おれはひとりの修羅なのだ
（玉髄の雲がながれて
どこで啼くその春の鳥）
日輪青くかげろへば

修羅は樹林に交響し
　陥りくらむ天の椀から
　黒い魯木《ろぼく》の群落が延び
　　その枝はかなしくしげり
　すべて二重の風景を
　喪神の森の梢から
ひらめいてとびたつからす
　（気層いよいよすみわたり
　ひのきもしんと天に立つころ）
草地の黄金《きん》をすぎてくるもの
ことなくひとのかたちのもの
けらをまとひおれを見るその農夫
ほんたうにおれが見えるのか
まばゆい気圏の海のそこに

（かなしみは青青ふかく）
ZYPRESSENしづかにゆすれ
鳥はまた青ぞらを截る
（まことのことばはここになく
　修羅のなみだはつちにふる）

あたらしくそらに息つけば
ほの白く肺はちぢまり
（このからだそらのみぢんにちらばれ）
いてふのこずゑまたひかり
ZYPRESSENいよいよ黒く
雲の火ばなは降りそそぐ

賢治が生前自費出版したその詩集にこの詩の題名をつけ、未刊の詩の原稿にも「春と修羅第二集」「春と修羅第三集」という題名を自ら選んでいたということは、この詩を彼が甚だ重んじていたということを示すもので、全集の「春と修羅第四集」は彼の没後の編集でありますけれど、その賢治の精神を体してそう名づけられたのであります。その詩がどんな内容をもっているかの検討は、その点からも意味なくはないのであります。

賢治の多くの詩と等しく、ここでも、自然の形象と内部の心象とが互にからまりあっているので、それを完全に解きほぐすことは困難ですが、私の考えているところを一応述べてみましょう。「あけびのつるはくもにからまり、のばらのやぶや腐植の湿地、いちめんのいちめんの諂曲模様。」これは、人間の生理にからまりまといつく感覚と感情との藪を意味するものでありましょう。その錯雑した情念のいざないは、あとからあとからつきまとって、払おうとしても払い切れぬというのがそれに読く二行の意味であります。そこから作者は自分をひとりの修羅とする。仏教では、一切の衆生が善悪の業因によって、必然に到るべき六種の境界を立て、それを六道といって、それに地獄、餓鬼、畜生、修羅、人間、天上という名を与えています。修羅は即ち人間と畜生との間にあって、人間が癡、慢、疑の業によってそこに身を堕すべき境界と考えられ、憎嫉闘諍を事とするものとせられておるのであります。その修羅と自分を見なしているのです。

「いかりのにがさまた青さ、四月の気層のひかりの底を、唾しはぎしりゆききする、おれはひとりの修羅なのだ。」しかもこの修羅は自分が修羅であることを知っている。その知っているための悲しみに風景も涙にゆすれる。次の数行は無心の美しい自然の描写になっていますが、そういう美しい自然の中にあっても修羅の心はどうにもならぬ。その心を再び「はぎしり燃えてゆききする、おれはひとりの修羅なのだ。」と繰り返しているのです。やがて時どき空がかげって、あたりの様子も変ってくる。それを作者は二重の風景と呼び、それをまた自分の心理の姿ともしている。そのうち（作者はその間も心の乱れから無茶苦茶にそこいらを歩き廻っているのでありましょう）向うから農夫達がやってくる。何の悩みも疑いもなく、たしかに人間である農夫達、あの農夫達に、修羅の境界に墜ちている この自分の今の姿が 分るであろうか。そう自分に問いながら、自分の悲しみは増すばかりだ。自分は常にまことの言葉を求めてきたのに、「まことのことばはここになく、修羅のなみだはつちにふる。」私の題目はこの「修羅のなみだ」という言葉を採ったものでありますが、こうして詩の最後は、やっと少し気も静まって「あたらしくそらに息つけば」、こんなに苦しい浅ましいからだは空の微塵にちらばってしまえとも願う、という歎きと、それにつづいた、だんだん夕暮になる風景の描写とで終っております。

これはもちろん或る時の自分の状態をうたったもので、いつも賢治が自分を修羅と考えていたことにはならないでしょう。しかしこれは賢治の、感覚的にも良心的にも鋭敏な心に映じた自己心内の拡大図であることは確かで、それなればこそ、この詩の題を、詩集そのものの題としたのであります。詩集の題を集中の任意の一詩から選ぶことは、大した理由なく人のするところでありますけれど、その後の詩集にもすべてこの題を与えたというところには、任意でない理由があったと思わざるを得ないのであります。

賢治が修羅という言葉で何を意味しようとしたかは「いかりのにがさまた青さ」というこの詩中の一句からも推測できますし、また寓話「二十六夜」の梟法師の言葉の中に「恨みの心は修羅となる。かけても他人は恨むではない。」とか、「いやいやみなの衆、それはいかぬぢや。これほど手ひどい事なれば、必ず仇を返したいはもちろんの事ながら、それでは血で血を洗ふのぢや。こなたの胸が霽れるときは、かなたの心は燃えるのぢや。いつかはまたもつと手ひどく仇を受けるぢや。この身終つて次の生まで、その妄執は絶えぬのぢや。遂にはともに修羅に入り闘諍しばらくもひまはないぢや。必ずともにさやうのたくみはならぬぞや。」とかいうような言葉の中にもそれが示されている。これは全く修羅の伝統的観念に従っているものであります。しかしあの詩そのものは切迫した感情を表現しており、その点からいえば、さっきの私の解説もその切迫した感情を十分写していない恨みがあるのでありまして、従って修羅という伝統的な観念も、ただ伝統的な観念として受け入れられているのではなく、切実な実感として感ぜられている。そこにこの言葉が全く新しい意味を得来たっているのであります。そして、その新しい意味は、賢治にとって新しい意味であると共に、私共賢治の芸術について考えているものにとっても、新しい意味となるものであります。というのは、ここからわれわれは宮沢賢治における情念の問題を究明する一通路を見出すことができるからであります。

賢治の少年時からのさまざまの逸話を見ましても、その死ぬまでの一貫した行実に徴しましても、その謙虚で、あわれみの心深く、常に他人のために自分の労を厭わぬ人柄は、およそ修羅と呼ぶにふさわしくない。しかも彼は自らを修羅と呼んでいる。これはどういうことでありましょうか。それは結局彼の鋭敏な感受性からきていることと認めざるを得ないのであります。まだ八つか九つの頃、友達数人と路上でメンコをして遊んでいた時、友達の一人がメンコを取ろうとして荷馬車に人差指を轢き切られたのを、小さい賢治は「痛かべ、痛かべ」といいながら、思わずその傷ついた指を自分の口の中に入れてやった、という話が伝えられておりますが、これは他人の苦痛を自分の苦痛として生理的に感ずる鋭敏な感受性の衝動的な動きであった、と思われます。こういう子供の時の心の動きは、その天成をあからさまに表現するものなので、彼の後年の行実には、その人となりからきたものが、つまり生理的な発現ともいえるものが多分にあるのであります。これは「手帳」にしるされている十月二十日の日附をもつ詩――苦しげに咳しては泣き咳しては泣いている幼い姪のために、自分の病いを忘れて、その苦しみを自分に移してほしいと祈っているあの詩にもあらわれているものでありますし、少し毛色の変ったものとしては「氷質の冗談」（作品第四〇一番）という詩にも、それはあらわれている。

職員諸兄　学校がもう沙漠のなかに来てますぞ
杉の林がペルシャなつめに変つてしまひ
はたけも藪もなくなつて
そこらはいちめん氷凍された砂けむりです
白淵先生　北緯三十九度辺まで
アラビヤ魔神が出て来ますのに

大本山からなんにもお振れがなかつたですか
さつきわれわれが教室から帰つたときは
こらは賑やかな空気の祭
青くかがやく天の椀から
ねむや鷲鳥の花も胸毛も降つてゐました
それからあなたが進度表などお綴ぢになり
わたくしが火をたきつけてゐたそのひまに
あの妖質のみづうみが
ぎらぎらひかつてよどんだのです
ええさうなんです
もしわたくしがあなたの方の管長ならば
こんなときこそ布教使がたを
みんな巨きな駱駝に乗せて
あのほのじろくあえかな霧のイリデスセンス

蛋白石のけむりのなかに
もうどこまでもだしてやります
そんな沙漠の漂ふ大きな巨像のなかを
あるひはひとり
あるひは兵士や隊商連のなかまに入れて
熱く息づくらくだのせなの革嚢に
世界の辛苦を一杯につめ
極地の海に堅く封じて沈めることを命じます
そしたらたぶんそれは強力な竜にかはつて
地球一めんはげしい雹を降らすでせう
そのときわたくし管長は
東京の中本山の玻璃台に顱頂部だけをてかてか剃つて
二人の侍者に香炉と白い百合の花とをささげさせ
空を仰いでごくおもむろに

竜をなだめる二行の迦陀をつくります
いやごらんなさい
たうとう新聞記者がやつてきました

ここに見られるものは憐れみの心ではありません。しかし他人の心持を敏感に反映して、その或る状態には生理的に堪え得ないような或る心を示している。われわれも何かの時に経験することでありますが、妙に白けた乾いた空気が（勿論心理的空気です）室内に充満するようなことがある。こういう状態は誰でもいやですが、賢治はその状態そのものより、その状態を心にうつしていやな気持でいる室内の人々の心の苦痛が一層堪えられないのです。それをここでは冗談として言っている。が、こういう冗談でも言わなければ、その状態に堪えられないので、これは先に挙げたあの心と相通ずるものをもつのであります。この心はひとり人間に対してだけではない。動物に対しても向けられる。彼はどんな小さな虫けらでも殺すことができなかったらしい。盛岡高等農林学校の寄宿舎で一年間同室であった高橋秀松の話によると、蚊になやまされてみんながピシャピシャ叩き殺している中で、「賢治は平気で蚊に食を与えている。時には読経しながら蚊に御馳走していたこともあった」といいます。「ビヂテリアン大祭」には菜食の是非に関連して、この問題が論ぜられていますけれど、ここでは「蟻」という詩をその一つの例として挙げてみましょう。

蟻　（作品第三五〇番）

おれのいまのやすみのあひだに
キチンの硬い棒を頭でふりまはしたり
口器の斧を鳴らしたり
おれの古びた春着のひだや
しやつぽにのぼつた漆づくりの昆虫ども
山のひなたの熊蟻どもはみなおりろ
下りないともう途方もないひどいところへ連れてくぞ
……落ちろ……
もちろんどこまで行つたつて

つやつやひかるアネモネの旒は
青ぞらに白くながれようし
葡萄酒いろした巨きな花の蜜槽も
すずらんのにほひをはこぶ
つめたい風もあるにはあらう
それでも何かそこらあたりのでこぼこや
しめり工合がちがつてゐて
おまけに巣もなく知合ひもない
その恐ろしい広い世界の遠くの方へ
行きたくないものはみんな落ちろ
　　　……落ちろ
　　　そんな細い黒い脚を折るまいと
　　　どんなにおれは苦をすることか
　　　ひとりで落ちろ……

どいつもこいつも
馬の尾つぼみたいに赤茶けたやつらだ

彼は蟻どもを叱りつけている。しかしこれは彼が常に感傷主義を嫌っていたからで——彼独特の表現に従えば「熱く湿つた感情を嫌ふ」(「春と修羅」第二集の序)気持をいつも持っていたからで、叱りつけている言葉の背後には、どんな小さな虫けらでも殺すことのできない、彼のやさしい心が見えるのであります。こういうのが彼のやり方で、これについてはまた後で触れますけれど、とにかくこういう敏感なやさしい心が、情念に苦しまぬ筈はないのであります。情念とはパッションというラテン系の言葉の語源が示しているように、心にも肉体にも受身にものを受け入れる状態だからであります。修羅のなみだはその苦しみのなみだであります。ですから賢治の詩にも童話にも怒り、憎み、嫉妬、羨望、怨恨、傲慢、虚栄心、名誉欲、権力欲等あらゆる人間情念の表現がある。それは詩よりも童話において一層具体的な形をもって取り扱われ、その場合、彼はイソップの精神をもって、多く動物の姿をかりてそれを描いているのでありますが、しかし一層直接な表現がないでもない。怒りの詩としてここに二、三の例を挙げてみましょう。

白菜畑　(作品第七四三番)

盗まれた白菜の根へ
一つ一つ萱穂を挿して
それが無抵抗主義なのか

水いろをして
エンタシスある柱の列の
その残された推古時代の礎に
一つに一つ萱穂が立てば
盗人《ぬすびと》がここを通るたび
初冬の風になびき日にひかつて
たしかにそれを嘲弄する
さうしてそれが無抵抗思想

東洋主義の勝利なのか*

＊筑摩版全集では、無抵抗主義が日本主義に、無抵抗思想が日本思想に、東洋主義が弥栄主義になっている。かつてはばかられて替えられていた文字を原文に復元したのであろう。そうなるとこの詩のニュアンスは一層複雑になる。しかしここでは私がこの話をした当時の十字屋版全集に従っておく。

つかれてねむいひるまごろ　（作品第一〇二八番）

じつに古くさい南京袋で帆をはつて
おまけに風に逆つて
山の鉛が溶けて来た重いいつぱいの流れを溯つて
この船はどこへ行かうといふのだらう
男が三人乗つてゐる
じつにうまくないそのつらの風《ふう》
じぶんだけせいぜいはうたうをして

それでも不足で不平だといふつらつきだ
今夜もみんな集つて
百五十円ほど黄いろな水を呑まうといふのか
そのばけそこなひの酵母の糞を
町まで買ひに行かうといふのか
あんまり言ふことをきかないと
今夜この雨がみんなみぞれや針にかはつて
芽を出したものをみんな潰すぞ

僚　友　（作品第一〇七九番）

わたしがかつてあなたがたと
この方室に卓を並べてゐましたころ
たとへば今日のやうな明るくしづかなひるすぎに
……窓にはゆらぐアカシヤの枝……

ちがつた思想やちがつたなりで
誰かが訪ねて来ましたときは
わたくしどもはただ何げなく眼をも見合せ
またあるかなし何ともしらず表情し合ひもしたのでしたが
……崩れてひかる夏の雲……
今日わたくしが疲れて弱く
荒れた耕地やけはしいみんなの瞳を避けて
おろかにもまたおろかにも
昨日の安易な住所を慕ひ
この方室にたどつて来れば
まことにあなたがたのことばやおももちは
あなたがたにあるその十倍の強さになつて
……風も燃え……
わたくしの胸をうつのです

……風も燃え　禾草も燃える……

政　治　家　（作品第一〇五三番ノ一）

あつちもこつちも
ひとさわぎおこして
いつぱい呑みたいやつばかりだ
　　羊歯の葉と雲
世界はそんなにつめたくて暗い
けれども間もなく
さういふやつらは
ひとりで腐つて
ひとりで雨に流される
あとはしんとした青い羊歯ばかり
そしてそれが人間の石炭紀であつたと

どこかの透明な
地質学者が記録するであらう

怒りは、それぞれの境界に応じてちがった表現をとっています。「つかれてねむいひるまごろ」や「政治家」が、或る種の人間に対する軽蔑をこめた怒りを端的にぶちまけているのに対して、「白菜畑」では怒りは自嘲と混じ、「僚友」では怒りというより失望と憤懣とを交えた一層複雑な心理のコンプレックスの中にそれは閉じ込められている。しかしいずれも怒りの詩であることは確かで、こういう情念の生ま生ましい表現は、他にもこれを見ることができるのであります。実際、彼の文学に親しめば親しむほど、彼が常に情念に悩んだ人であり、それだけ彼が人間情念の世界に通じた人であることを知らされるのであります。もともと情念の葛藤のないところに文学はないのでありますから、それに不思議はない。賢治の文学が賢者の文学である所以は、賢治が情念の悩みをもたなかったということにあるのではなく、その情念に彼が打ち克ってきたというところにあるのであります。それに彼は実践の上で打ち克ってきた。しかし文学の制作の上では、その情念の悩みを母胎としているのでありまして、その点では、彼の文学もまた本質において他の文学と変りはないのであります。

賢治は恋愛にも無縁ではなかったし、恋愛と結びついた情欲とも無縁ではなかった。森荘己池氏の著書「宮沢賢治と三人の女性」は、彼がそのためにいくつもの美しい挽歌を作ったその妹のほかに、彼を愛して彼に報いられなかった一人の女性と、彼が秘かに愛していた一人の女性とのことを取り扱っています。最後の女性に対しては彼はその秘かな愛情を告げなかった。その愛情の片鱗は僅かに「三原三部」の詩中にうかがわれるのみである。

……南の海の
南の海の
はげしい熱気とけむりの中から
ひらかぬままにさえざえ芳り
つひにひらかず水にこぼれる
巨きな花の蕾がある……

しかし全集第六巻は「或るラブレターの全部的記録」という奇妙な断片を収録しています。

第一紙　僕は
第二紙　僕は……
第三紙　ぼ、
第四紙　ぼくはいつたい
第五紙　ぼくはぜんたい
第六紙　ぜんたいぼくは
第七紙　あなたはきのふ
第八紙　あなたは

この断片は「算術の普及しない町」とか「カロリー計算商会」とか、ウィットとユーモアに富んだ幾つかの断片の中にあるもので、これを実際の事実と結びつけて考えることは馬鹿気ています。しかしこういう断片の中にも何かの体験が含まれていると考えることは極めて自然で、その対象が特定の人であってもなくても、賢治がこういう感情と無縁でなかったとすることはできるのであります。が、それにもかかわらずその賢治は、同時に親友藤原嘉藤治に対してこう言ったことがあるという賢治なのであります。

「――性欲の乱費は、君自殺だよ。いい仕事はできないよ。瞳だけでいいじゃないか、触れて見なくたっていいよ。……

――おれは、たまらなくなると野原へ飛び出すよ。雲にだって女性はいるよ。……

――花は折るもんじゃないよ。そのものをにぎらないうちは承知しないようでは、芸術家の部類に入らないよ。君、風だって甘いことばをささやいてくれるよ。さあ行こう――。」

そして大島から帰ってきた時（「三原三部」の女性に彼は大島で会ったのですが）こう言ったという。「あぶなかつた。全く神父セルギイの思いをした。指は切らなかつたがね。しかしおれは結婚するとすれば、あの女性だな。」

神父セルギイとはトルストイの小説「神父セルギイ」の主人公で、その庵室へ誘惑にきた女を斥けるために、彼が薪割り斧で自分の指を断ち切ったあの場面を賢治はここで思い出しているわけであります。これは彼の並々ならぬ決意を語るものであります。その決意は動揺している。その動揺は「結婚するとすれば」という言葉にもあらわれている。彼は彼女にひかれている。そして彼女はセルギイの庵室を不意に驚かした女のような誘惑者ではない。彼が自己をセルギイに比したのは自己の中の情欲と戦うものとしてだけの立場からである。しかしそれにしても彼の決意には並々ならぬものがあり、そして賢治の生きた限りにおいては、その決意を結局貫いたのであります。

彼は「ぎりぎりせい一杯からだを使うようになつてから考えたこと」として、こう言っております。人間の生活を肉体の労働と性生活と精神の労働とに分けて考える場合、そのうちのそれぞれ二つのものは――肉体労働と性生活、性生活と精神労働、精神労働と肉体労働というような組み合わせでは両立するが、その三つを一度に生活の中に成り立たせることはできない、と。日本の農民達は従って肉体労働と性生活だけの生活を古い時代から押しつけられてきたので、そういう農民の生活に欠けているものを少しでも与えることを彼は念願としたのであります。そのために、自己の性生活を彼は犠牲にしようとした。農民の友として、農民と同じ肉体労働を自分自身にも課せずにいられなかった彼としては、そうする以外に手だてはなかったからであります。

ここまで彼がくるには幾多の曲折があったでしょう。匿されている秘密もあるかも知れない。彼が親しんだ仏教の教理も影響なくはなかったでしょう。そして当時の日本の精神界に大きな力をもったトルストイの影響も多分はあったでしょう。彼を武者小路実篤と共に一個のトルストイアンとすることもできないではない。しかしとにかく彼が農学校をやめて、自ら耕やす者となった頃には、この決意はすでに確固たるものになり、禁欲の理想は一つの大きな意志によって押し進められたのであります。彼は町の洗湯でゆっくり湯につかる楽しみをさえ絶っていたといわれています。畑で働いている際、しばらく立ったままで鍬にすがって休んでいるような時、爽やかな風が膚をなで、乳首のあたりにかすかではあるが快感を覚える。そのようなことをも彼は性欲の一つだと考えていたそうであります。この場合には、そういう快感をさえ拒んだのではなく、そういう快感をむしろ代用としたといった方がよいでしょう。これはさっき引用した親友藤原嘉藤治に対する彼の言葉によっても知られるのであります。

後になっては彼はこういう禁欲を結局何にもならなかったと森荘已池に語っている。後になってとは、昭和六年七月、彼が東北砕石工場の技師として東奔西走していた頃、盛岡に森荘已池を訪ねた時で、その禁欲の大きな反動で自分が病気になったとも語っている。そうして更にそれにつけ加えて、いつか「草や木や自然を書くように性のことを書きたい」とも語っている。

この言葉は、私にD・H・ローレンスを想い起させます。彼こそ「草や木や自然を書くように」性のことを実際に書いた人であります。いつかシンシア・アスキスのローレンスの思い出を雑誌で読んだことがありますが、その中にこんな一節がありました。「ローレンスと一緒に連れだつて歩いた経験をする前の自分を顧ると、それまでの自分はまるで目をかくし耳を掩うて地上を歩いていたようにしか思われません。戸外のどんな風景に対しても、音響に対しても、彼の感覚は非常に鋭敏で、鳥であつたり獣であつたりすることがどんなことであるかを、彼はきつと知つているにちがいないと思わせる程でした。」そうして彼女、アスキス夫人は、ローレンスが一緒に歩いていながら、ほら、いま風の方向が変ったよ、というような言葉をよく口にした事実を述べていますが、更に次のような思い出を語っています。「或る暖い午後のことでした。主人が短期休暇で前線から本国に帰還した折のことでしたが、海岸に横になつて、水の上をブカブカ浮んでいる小瓶に何気なく小石を投げつけていたのです。するとこの無心の余念ない行為をローレンスが見て、片意地になつて、それを破壊的行為だと咎め立てしてかかつて来たのです。……彼は戦争の真の原因は、人々の生命を無視する恐るべき観念であるという考えにとりつかれていたのです。人々の命を何とも思わぬ考えは、やがて無意識のうちに、どんな恐ろしい経験でも渇望するに至るものだと彼は議論をすすめるのでした。無心な気ばらしの小閑を、小瓶に小石を投げつけていることにすら、破壊を渇望する潜在意識があつて、やがてそれは戦争でその満足を見出すのだ、と彼は議論をすすめるのでした。」これらの話はいずれも私に賢治を想起させます。賢治があらゆる破壊の行為を嫌い、どんな虫けらでも殺すことができなかったということについては、さっき、もう申し上げました。自然に対する特殊な感受性についてもすでに触れましたが、ここでは知友の語っている賢治の逸話の中から更に二、三取り出して見ましょう。彼は、生徒をつれて山に行ったりする時、突然炭を焼いているにおいがするとか、杏の花のにおいがするとかいう。生徒には何のにおいも感ぜられないので何とも思わずにいると、やがて炭焼小屋に出っくわしたり、杏の花が見えたりするようなことが度々あったといいます。また時どき木の上へ登って鳥になったり、蝶々になって野原をとびまわったりしたような話も、幾人かの口から語られております。私はこういうところに賢治の芸術の秘密があると思いますが、それを私は禁欲によって感覚が異常に鋭敏になっている状態と結びつけて見たいと思うのであります。

長い絶食の後などには、平生は無味と思っているようなものに複雑な味のあるのがわかるものであります。私はいつか胃潰瘍を患った際、初めて人蔘や大根の素煮の一きれ二きれを食べた時のことを今もって忘れ得ません。こういうものが、そのものだけの味として実に微妙な甘さと何ともいえぬ香りとをもっていることをつくづく知ったのであります。しかしやがて病気が治って普通の食べものに帰ると、もうそういう味や香りは忘れてしまう。われわれの舌はいつしかまた砂糖や醬油で荒されてしまうのであります。そこから私は、禁欲によってわれわれのあらゆる感覚を澄明にする時、どんな自然の姿が現われてくるかを思い見ることができるのでありまして、これはやはり病中や病後に久しぶりで自然の姿に接する時、木の葉に日光がきらきらしているような、普段ならば何でもない光景までが如何にも美しく思える、そういうわれわれにも覚えのある例を想起するだけで十分でありましょう。賢治の芸術の中に見られる自然感受の豊富なすがたはそこから由来しているのであります。

感受性というものは、あらゆるものを味わって究極に至るもの、つまり自己拡大の極と、清らかで透明な状態にいつもそれを保つ自己放下の極とを両極とするものであります。前者は食べものでいえばこのわたや塩辛を珍重するようになる方向であり、後者は大根や人蔘の生まや素煮の微妙な甘さや香りを味わい分ける方向であります。この二つは必ずしも矛盾しない。それどころか、自己放下の極は決して素朴な状態ではなく、むしろ自己拡大の極を通して初めて至りうる状態であります。賢治の芸術もその意味において決して素朴ではない。ただ、しかしながら、自己拡大の極にどこまでも執しようとするものと、その自己拡大の極を通して自己放下の極に至ろうとするものとの間には、やはり大きなちがいがあるのでありまして、賢治の芸術はどこまでも前者ではなくて後者であります。彼は現世的欲望を最少にすることによって、現世的欲望の中にいるものにはわからぬ消息を自然の世界から得きたっているのであり、その意味において彼は、いつでも文字通り風とゆききし、雲からエネルギーを取っていた人であります。普通の文学になじんでいるものが宮沢賢治の文学に対すると、最初はそこに一種の真空状態を感ずる。しかしやがてそれが実に清冽で透明な空気のせいであることを理解するに至るのでありまして、そこに賢治文学の独特な精神の風土があるのであります。

彼の詩も童話もそういう禁欲による無垢の感受性の中で育てられたものであります。そういう感受性をもって「きれいにすきとほつた風を食べ、桃いろのうつくしい朝の日光をのむ」ものにとっては、畑や森の中で見るひどいぼろぼろの着物も、すばらしいビロウドやらしゃや、宝石入りの着物になる。そしてわれわれは「一瞬にして氷雲の上に飛躍し大循環の風を従へて北に旅する」こともできれば「赤い花杯の下を行く蟻と語ることもできる。」だから彼は自分の童話について言うのであります。「これらのわたくしのおはなしは、みんな林や野原や鉄道線路やらで、虹や月あかりからもらつて来たのです。」と。そして更にそれにつづけて言う。「ほんたうに、かしはばやしの青い夕方を、ひとりで通りかかつたり、十一月の風のなかに、ふるへながら立つたりしますと、もうどうしてもこんな気がしてしかたないのです。ほんたうにもう、どうしてもこんなことがあるやうでしかたないといふことを、わたくしはそのとほり書いたまでです。」と。以上の引用文を私は「注文の多い料理店」の序文、並びにその広告文から取ったのでありますが、彼の詩でも童話でも、病的と思えるまでに異常な感覚の万華鏡を示す一方、全体にいつも草の香りや森の光、山々の大きな影が領しているのはこの故で、それは、すべてが禁欲による無垢の感受性の中でとらえられているからであります。彼のレトリックもその精神の風土の中で初めて理解せられるので、「霜を織つたやうな羅」とか「鋼青の空」とか「白磁器の雲」とかいうような、鉱物質の硬さをもった賢治独特な形容詞にも、われわれはその性格を見ることができるのであります。彼の芸術に見られる何か滾々として溢れ出るもの、風景と人事とを敏感に反映しつつ、それを一体に溶かし込んでひしめき合っている心象、豊富に華麗に自由に唐突にそして自然に無雑作にそこにあるもの、それらはすべて、禁欲の産物につきものの正常と異常との、健康と不健康との、均衡と歪形との、異様な混和を示しているのであります。

さっき私は賢治が、実践の上では情念に打ち克ったが、芸術の制作の上では、その情念を母胎ともすれば推進力ともしたと申しました。もっとはっきり言えば、彼が実践の上で情念に打ち克っただけ、それは意識下のコンプレックスとして彼の芸術の母胎となり推進力となる力を発揮した、と言った方がよいでしょう。賢治の文学は不思議な滲透力と放射能とをもった言葉に満ちていますが、それはそういう状態における異常な感覚と感情から由来したものであるように私には思われます。しかしそれにもかかわらず、彼が実践者としてあらゆる情念に打ち克ってきたというところに賢治の本領はあるので、賢者の文学としての賢治の文学は、ひとえにそこにもとずくのであります。ですから、さきに私が例として挙げた怒りの詩のような情念の直接の表現はそこには比較的少いので、それは微笑する諷刺になったり、一層高い感情への昇華となっているのであります。

会　合　（異稿作品第一〇一二番）

甲助だらば
今朝まだくらあに
たつた一人で
綱取《つなどり》さ稼ぐさ行つたであ
……赤楊にはみんな氷華がついて
野原はうらうら白い偏光……
唐獅子いろの乗馬ずぼんはいでさ
新らし紺の風呂敷しよつてさ
親方みだい手ぶらぶらと振つて行つたであ
……雪に点点けぶるのは
三つ沢山の松のむら……
清水野がら大曲野《まがりの》がら後藤野ど

一人で威張つて歩つて
大股に行くうぢはいかべあ
向ふさ着げば選鉱だがな運搬だがな
組では小屋の隅こさちよこつと寝せらへで
ただの雑役人夫だがらな
……江釣子森が
ぼうぼうと湯気をあげて
氷醋酸の塊りのやう……
あらがた後藤野さかがつたころだ

国立公園候補地に関する意見　（作品第三三七番）

どうですかこの熔岩流は
殺風景なもんですなあ
噴き出してから何年たつかは知りませんが

から日が照ると空気の渦がぐらぐらたつて
まるで大きな鍋ですな
いただきの雪もあをあを煮えさうです
まあパンをおあがりなさい
いつたいここをどういふわけで
みんな運動せんですか
いや可能性　それは充分ありますよ
もちろん山をぜんたいです
火口湖　温泉　もちろんですな
鞍掛山もむろんです
ぜんたい鞍掛山はです
大地獄よりまだ前の
大きな火口のへりですからな
さうしてここは特に地獄にこしらへる

修羅のなみだ

愛嬌たつぷり東洋風にやるですな
槍のかたちの赤い柵
枯木を凄くあしらひまして
あちこち花を植ゑますな
花といつてもなんですな
きちがひなすびまむしさう
それから黒いとりかぶとなど
とにかく悪くやることですな
さうして置いて
世界中から集つた
猾るいやつらや悪どいやつの
頭をみんな剃つてやり
あちこち石で門を組む
死出の山路のほととぎす

三途の川のかちわたし
えんまの庁から胎内くぐり
はだしでぐるぐるひつぱりまはし
それで罪障消滅として
天国行きのにせ免状を売りつける
しまひはそこの三つ森山で
交響楽をやりますな
第一楽章　アレグロコンブリオははねるがごとく
第二楽章　アンダンテややうなるがごとく
第三楽章　なげくがごとく
第四楽章　死の気持ち
よくあるとほりはじめは大へんかなしくて
それからだんだん歓喜になつて
最後は山のこつちの方へ

野砲を二門かくして置いて
電気でずどんと実弾をやる
Aワンだなと思つたときは
もうほんものの三途の川へ行つてるですな
ところがここで予習をつんでゐますから
誰もすこしもまごつかない
またわたくしもまごつかない
さあパンをおあがりなさい
向ふの山は七時雨
陶器に描いた藍の絵で
あいつがつまり背景ですな

丸善階上喫煙室小景

ほとんど初期の春信みたいな色どりで

またわざと古びた青磁のいろの窓かけと
ごく落ちついた陰影を飾つたこの室に
わたくしはひとつの疑問をもつ
壁をめぐつてソーファと椅子がめぐらされ
そいつがみんな共いろで
たいへん品よくできてはゐるが
どういふわけかどの壁も
ちやうどそれらの椅子やソーファのすぐ上で
椅子では一つソーファは四つ
団子のやうににじんでゐる
……高い椅子には高いところで
　低いソーファは低いところで
　　壁がふしぎににじんでゐる……
　　　そらにはうかぶ鯖の雲

築地の上にはひかつてかかる雲の峯
たちまちひとり
青じろい眼とこけた頬との持主が
奇蹟のやうにソーファにすわる
それから頭が機械のやうに
うしろの壁へよりかかる
なるほどなるほどかういふわけだ
二十世紀の日本では
学校といふ特殊な機関がたくさんあつて
その高級な種類のなかの青年たちは
あんまりじぶんの勉強が
永くかかつてどうやら
若さもなくなりさうで
とてもこらへてゐられないので

大ていの椿か鰯の油を頭につける
そして十分女や酒や登山のことを考へたうへ
ドイツ或は英語の本も読まねばならぬ
それがあすこの壁に残つて次の世紀へ送られる
　向ふはちやうど建築中
　ごつしん　ふう　と湯気をふきだす蒸気槌
　のぼつてざあつとコンクリートをそそぐ函
そこで隅にはどこかの沼か
陰気な町の植木店から
伐りとつて来た東洋趣味の蘆もそよぐといふわけだ
　風が吹き
　電車がきしり
　煙突のさきはまはるまはる
またはいつてくる

仕立の服の見本をつけた
まだうら若いひとりの紳士
その人はいまごくつつましく煙草をだして
　電車がきしり
　自動車が鳴り
　自動車が鳴り
ごくつつましくマッチをすれば
　コンクリートの函はのぼつて
　青ぞら青ぞらひかる鯖ぐも
ほう何たる驚異
マッチがみんな爆発をして
ひとはあわてて白金製の指環をはめた手をこする
　……その白金が
　大ばくはつの原因ですよ……

ビルディングの黄の煉瓦
波のやうにひかり
ひるの銀杏も
ぼろぼろになつた電線もゆれ
コッカのいろの穹窿《ドーム》の上で
避雷針のさきも鋭くひかる

この微笑する諷刺は彼の多くの童話の中に一層独創的な形で現われているもので、それは禁欲の精神と同じ精神の風土の中にある。これに対して、悲しみや怒りをこめながら、一層高い感情――愛の感情につつまれているものがあります。

稲作挿話　（作品第一〇八二番）

あそこの田はねえ
あの種類では窒素があんまり多過ぎるから

もうきつぱりと潅水《みづ》を切つてね
三番除草はしないんだ
……一しんに畔を走つて
　青田のなかに汗拭くその子……
燐酸がまだ残つてゐない？
みんな使つた？
それではもしもこの天候が
これから五日続いたら
あの枝垂れ葉をねえ
斯ういふ風な枝垂れ葉をねえ
むしつてとつてしまふんだ
……せはしくうなづき汗拭くその子
　冬講習に来たときは
一年はたらいたあととは言へ

まだかがやかな苹果《りんご》のわらひをもつてゐた
いまはもう日と汗に焼け
幾夜の不眠にやつれてゐる……
それからいいかい
今月末にあの稲が
君の胸より延びたらねえ
ちやうどシャツの上のぼたんを定規にしてねえ
葉尖を刈つてしまふんだ
……汗だけでない
涙も拭いてゐるんだな……
君が自分でかんがへた
あの田もすつかり見て来たよ
陸羽一三二号のはうね
あれはずゐぶん上手に行つた

肥えも少しもむらがないし
いかにも強く育つてゐる
硫安だつてきみが自分で播いたらう
みんながいろいろ言ふだらうが
あつちは少しも心配ない
反当三石二斗なら
もうきまつたと言つていい
しつかりやるんだよ
これからの本当の勉強はねえ
テニスをしながら商売の先生から
義理で教はることでないんだ
きみのやうにさ
吹雪やわづかの仕事のひまで
泣きながら

からだに刻んで行く勉強が
まもなくぐんぐん強い芽を噴いて
どこまでのびるかわからない
それがこれからのあたらしい学問のはじまりなんだ
ではさようなら
　……雲からも風からも
　　透明な力が
　　そのこどもに
　　うつれ……

停留所にてスヰトンを喫す

わざわざここまで追ひかけて
せつかく君がもつて来てくれた
帆立貝入りのスヰトンではあるが

修羅のなみだ

どうもぼくには
かなりな熱があるらしく
この玻璃製の停留所も
なんだか雲のなかのやう
そこでやつぱり雲でもたべてゐるやうなのだ
この田所の人たちが
苗代の前や田植の後や
からだをいためる仕事のときに
薬にたべる種類のもの
きみのおつかさんが
除草と桑の仕事のなかで
幾日も前から心掛けて拵へた
雲の形の膠朧体
それを両手に載せながら

ぼくはただもう青くくらく
かうもはかなくふるへてゐる
きみはぼくの隣りに坐つて
ぼくがかうしてゐる間
じつと電車の発着表を仰いでゐる
あの組合の倉庫のうしろ
川岸の栗や楊も
雲があんまりひかるので
ほとんど黒く見えてゐるし
いままた稲を一株もつて
その入口に来た人は
たしかこの前金《かな》矢《や》の方でもいつしよになつた
きみのいとこにあたる人かと思ふのだが
その顔も手もただ黒く見え

修羅のなみだ

向ふもわらつてゐる
ぼくもたしかにわらつてゐるけれども
どうも何だかじぶんのことでないやうなのだ
ああ友だちよ
空の雲がたべきれないやうに
きみの好意もたべきれない
ぼくははつきりまなこをひらき
その稲を見てはつきりと言ひ
あとは電車が来る間
しづかにここへ倒れよう
ぼくたちの
何人も何人もの先輩が
みんなしたやうに
しづかにここへ倒れて待たう

怒りの詩から微笑する諷刺の詩へ、微笑する諷刺の詩からこの「稲作挿話」や「停留所にてスヰトンを喫す」へは、ずっと一連のつながりをもっていますが、その「稲作挿話」や「停留所にてスヰトンを喫す」は、ただちに「雨ニモマケズ」につながるものであります。

「ミンナニデクノボウトヨバレ」と「雨ニモマケズ」では言っております。そういう人間になりたいと賢治が願ったその人間とは、また神父セルギイが苦悩のはてに、彼の幼な馴染パーシェンカの中に見た人間であります。賢治も「虔十公園林」の馬鹿の虔十の中にその姿を描いている。虔十はパーシェンカではありません。そして賢治は神父セルギイではない。しかし神父セルギイの苦しみを賢治も苦しみ、その求めたものを賢治もまた求めたのであります。その意味でも彼をトルストイアンとすることはできるので、彼があんなに文学に打ち込みながら、そのように文学へ打ち込むことを絶えず自ら反省したのもそれであり、彼が農学校をやめて自ら耕やす人となったのも、死の床で父親と最後に語った際、病室の置戸棚と枕元にあるうず高い原稿を指して、それを自分の今までの迷いの跡と言ったのも、その気持からであります。しかも彼はその同じ日の晩、弟の清六氏を呼んだ時には、やはりそれらの原稿に執着している言葉を語っている。ここに人間賢治の矛盾があるのでありますが、この矛盾はすでに早く「詩への愛憎」の如き詩の中にも表白されているので、それは結局世間の名聞を求める心と、全くそういう名聞を求める心を去って、ただ人のために仕える生活に自分を没入しようとする心との葛藤であります。

賢治の中にもそういう名聞を求める心がなかったわけではありません。賢治の年譜を見ますと、「大正十一年、二月頃より本格的にドイツ語、エスペラント語の独習を始め、世界語による創作を計画す。」とか、「大正十四年、詩、童話作品をエスペラントにて発表するために、タイプライターの練習を企てしも上達せず。」とか、「大正十五年十二月十二日上京、タイピスト学校に於て知人となりし印度人シーナ氏の紹介にて、東京国際倶楽部に出席し、農村問題に就き壇上に飛入講演をなす。後フィンランド公使と膝を交えて農村問題や言語問題につき語る。」とかいうような個所が目につきます。* これらの行為や計画を、それほど簡単に、自己一身の名聞を求めるものとすることは不当です。ここにはもっとおおやけの動機がある。しかしそれが賢治の姿を大きくしないで小さくするもの、高くしないで低くするものであることはたしかです。こういう一面も賢治にあったということは、賢治を人間らしくするものであり、こういう一面があったにもかかわらず、彼が「雨ニモマケズ」の詩人となり、そればかりか、その詩の精神を実際に生きたというところに賢治の本領とその意義とはある、というべきでありましょう。

＊筑摩版全集には大正十五年十二月十二日附父親宛の手紙があり、その中にこの集会出席の時のことがくわしく報ぜられている。父親に対する当時の賢治の複雑な感情がこういう手紙をも書かせたのであろう。そう見ると、年譜の言葉だけによって私のここに言っていることはいささか厳に過ぎたかも知れない。(後記)

彼が自分を修羅と呼んだのもこの求道的実践の上からで、従って「修羅のなみだ」はそのまま「求道者のなみだ」といえるのであります。彼が如何なる情念の悩みをもとうとも、彼の詩や童話に如何なる情念の表現を見ようとも、彼の精神の風土は、それを超えた清澄透明な気圏にあるのであります。怒りも憎みも嫉妬も羨望も怨恨も傲慢も虚栄心も名誉欲も権力欲も、そこではすべて大きな愛の力の中に包摂せられる。彼の社会感情が或る時代には明らかに特定の傾斜を示したにもかかわらず、結局は宗教的感情が大きくそれを包んだのもそれによるのであります。

「ただひとつどうしても棄てられない問題は、たとへば宇宙意志といふやうなものがあつてあらゆる生物をほんたうの幸福に齎したいと考へてゐるものか、それとも世界が偶然盲目的なものかといふ所謂信仰と科学とのいづれによつて行くべきかといふ場合、私はどうしても前者だといふのです。すなはち宇宙には実に多くの意識の段階があり、その最終のものはあらゆる迷誤をはなれてあらゆる生物を究竟の幸福にいたらしめようとしてゐるといふ、まあ中学生の考へるやうな点です。ところがそれをどう表現しそれにどう動いて行つたらいいかはまだ私にはわかりません。」

これは年代不明の、宛名も不明の手紙の書きくずしでありますが、これは賢治をもっともよく語る言葉の一つで、「それをどう表現し、それにどう動いて行つたらいいか」に、賢治の求道の方向があった、と共にその宇宙に対する根本的信頼の感情に、賢治の最後の安住の境があったのであります。賢治のものを読んでいますと、時どきニヒリストの生活感情を感ずるようなことがある。これは彼が「熱く湿つた感情を嫌ひ」、そういう感情は常にこれを笑いのさまざまな形に変えて表白するのを常としたからでありますが、また実際において賢治の精神は、ニヒリズムと紙一重の境を接するようなものをもっていたと思うのであります。しかし紙一重の境を接しながら、彼がニヒリズムに陥らなかったのは、この宇宙に対する根本の信頼の感情があったからで、そこに賢治文学の一種の明るさが由来しているのであります。

その明るさは同時に人の心を楽しませるものとも、人の心を鼓舞するものともなっている。ゲーテはかつて「歴史がわれわれに与える最上のものはそれが生み出す情熱にある」と言いました。芸術の人をも私はこういう観点から見るもので、人生そのものに対する情熱を与えてくれる作家を私は常に最上の作家といたします。宮沢賢治はその点からしても現代日本においては稀有な作家で、そして彼の文学の賢者の文学たる本質もまたそこにあるのであります。

われはこれ塔建つるもの

昭和三十四年五月十日
平泉中尊寺における賢治詩碑建立記念講演

一

今日はこの古い由緒のある寺の境内に賢治の詩碑が立った記念の会でもありますので、私はできればその詩碑に刻まれた句を主題にと思ったのでありますが、内容の上からその困難なことが分りましたので、せめて寺にゆかりのある詩句をと考えて、この題を選びました。この詩句については私は以前から考えていることがありましたし、かたがたよい機会と存じたのであります。そこでまずこの言葉のふくまれている詩を御披露することから始めたいと思いますが、これは「手は熱く足はなゆれど」にはじまる、無題の詩の中の一句であります。

手は熱く足はなゆれど
われはこれ塔建つるもの

滑り来し時間の軸の
をちこちに美《は》ゆくも成りて
燎々*と暗をてらせる
その塔のすがたかしこし

むさぼりて厭かぬ渠ゆゑ
いざここに一基をなさん

正しくて愛《は》しきひとゆゑ
いざさらに一を加へん

*筑摩版全集では燎々が燦々となっているが、賢治の原稿によって岩波文庫版の燎々の正しいことが改めてたしかめられた。

賢治は昭和三年（一九二八年）八月胸を病んで父母の家で床につき、昭和五年（一九三〇年）一杯までその状態をつづけた。昭和六年一月九日附佐藤昌一郎宛の手紙によると、「私昨今は漸くに病前の健康に復し春よりは労作にも略々耐え得るに至り候間云々」とありますから、六年の初めには、よほどよくなっていたらしいのですが、実際にすっかり床を離れたのは三月で、従って年譜には「三月、病気一時快癒す」とあります。ほんとうには快癒しなかったのですが、とにかく床を離れたことは離れた。この詩はその病臥中の詩で、筑摩版全集には「疾中　一九二八—一九三〇」として三十三篇の詩が収められているその中の一篇であります。賢治はその三十三篇の詩稿を一まとめにして紙ばさみにはさみ、その上に自ら「疾中　8. 1928-1930」と題している。それに全集は従っているわけであります。この8は八月でありましょう。

この三十三篇の中には「一九二九年二月」という日附になっている一篇の如く、詩と呼ぶべきでないものもあれば、「病」と題せられているもののように、後半は詩と呼んでいい体をそなえながら、前半には高田とか藤沢とかいう固有名詞が羅列してあり、その五つの固有名詞のうち三つの下に点々をして「なのを」とか「してくれない」とか「松並木暗いつつみのあるところ」とかいうような覚書風の言葉が記されているだけのものもある。そうでないものも未定稿と推せられるものが多い。しかしいずれも人の心を捉える切実な響きをもったもので、「われはこれ塔建つるもの」も、これを初めて読んだ時から(私はこれを、昭和二十四年宮沢清六編纂の「宮沢賢治珠玉選　修羅の渚」で初めて読んだのでありますが)、一種異様な感銘を受けていました。一つにはこの詩が私にはっきり分らなくて、何か謎めいたものを感じさせたからで、詩として別に秀れているわけではないのですけれど、それでいてこの詩から直接伝わってくる何かがあった。そしてその何かは、賢治のほかの詩のわれわれに伝えるものとはどこか非常にちがっていた、それに心を牽かれたのであります。

一体にこの「疾中」の詩には、「さめては息もつきあへず／わづかにからだをうごかすこともできなかつたが／つかれきつたねむりのなかでは／わたくしは自由にうごいてゐた／まつしろに雪をかぶつた／巨きな山の岨みちを／黄いろな三角の旗や／鳥の毛をつけた槍をもつて／一列の軍隊がやつてくる」と自分で説明しているように、高熱の中の幻視や幻聴によると思われるものが多い。

胸はいま
熱くかなしい鹹湖であつて
岸にはじつに二百里の
まつ黒な鱗木類の林がつづく
そしていつたいわたくしは
爬虫がどれか鳥の形にかはるまで
じつとうごかず
寝てゐなければならないのか

また

われはこれ塔建つるもの

こんなにも切なく

青じろく燃えるからだを
巨きな槌でこもごも叩き
まだまだ錬へなければならないと
さう言つてゐる誰かがある
たしかに二人巨きなやつらで
かたちはどうも見えないけれども
声はつづけて聞えてくる
…………

また

その恐ろしい黒雲が
またわたくしをとらうと来れば
わたくしは切なく熱くひとりもだえる

われはこれ塔建つるもの

北上の河谷を覆ふ
あの雨雲と婚すると言ひ
森と野原をこもごも載せた
その洪積の台地を恋ふと
なかばは戯れに人にも寄せ
なかばは気を負つてほんたうにさうも思ひ
青い山河をさながらに
じぶんじしんと考へた
ああそのことは私を責める
病の痛みや汗のなか
それらのうづまく黒雲や
紺青の地平線が
またまのあたり近づけば
わたくしは切なく熱くもだえる

ああ父母よ弟よ
あらゆる恩顧や好意の後に
どうしてわたくしは
その恐ろしい黒雲に
からだを投げることができよう
………………

また

丁丁丁丁丁
丁丁丁丁丁
叩きつけられてゐる丁
叩きつけられてゐる丁
藻でまつくろな　丁丁丁

塩の海　　　丁丁丁丁丁
　　熱　　　丁丁丁丁
　　熱　熱　　丁丁丁
　　　　　(尊々殺々殺
　　　　　殺々尊々尊
　　　　　尊々殺々殺
　　　　　殺々尊々尊)
ゲニィめたうとう本音を出した
やつてみろ　　丁丁丁
きさまなんかにまけるかよ
　何か巨きな鳥の影
　ふう　　　丁丁丁
海は青じろく明け　　丁
もうもうあがる蒸気のなかに

香ばしく息づいて浮ぶ
巨きな花の蕾がある

これらの詩の中の「胸はいま／熱くかなしい鹹湖であつて／岸にはじつに二百里の／まつ黒な鱗木類の林がつづく」とか、「青じろく燃えるからだを／巨きな槌でこもごも叩き／まだまだ錬へなければならないと／さう言つてゐる誰かがある／たしかに二人巨きなやつらで／かたちはどうも見えないけれども／声はつづけて聞えてくる。」とか、自分をとろうとして来る恐ろしい黒雲とか、丁丁丁丁丁　丁丁丁といつまでも聞えてくる音とか、こういうものは強い実感をもって人に訴えるので、これを修辞的な形容としたりありきたりの詩的イメージとすることはできない。これはやはり高熱のデリリアムの中の幻視や幻聴とすべきであります。そう考えると「われはこれ塔建つるもの」の塔も、そういう高熱の中の幻視によってはっきりした形をとったもので、塔という具体的形象が、何か美しいものとしてまず浮び上ってくるのも、それによるものであるかも知れません。

塔は仏教では、本来仏舎利を安置するところとして造られたもので、そこから造塔は大きな功徳のあることとせられてきました。造塔功徳経、造塔延命功徳経等の独立の経典をはじめ、これを説いている経文は数えるにいとまないほどであります。賢治の受持信仰した法華経の見宝塔品でも、塔は仏法護持をあらわすものとなっているので、「我が滅度の後、我が全身を供養せんと欲せん者は、まさに一の大塔を起つべし」というような言葉がそこにはある。「われはこれ塔建つるもの」とは、こういう経典の中の言葉に応じているところがあるでありましょう。同じ法華経の如来神力品には、法華経の功徳を説いて「如来の一切の所有《しょう》の法、如来の一切の自在の神《じん》力《りき》、如来の一切の秘要の蔵、如来の一切の甚深の事、皆此の経に於いて宣示顕説す。この故に汝等、如来の滅後に於いて、まさに一心に受持、読誦、解説《げせつ》、書写して、説の如く修行することあらん。もしは経巻所持のところ、もしは園の中に於いても、もしは林の中に於いても、もしは樹の下に於いても、もしは僧房に於いても、もしは白衣の舎《いへ》にても、もしは殿堂に在りても、もしは山谷《せんごく》曠野にても、この中に皆まさに塔を起てて供養すべし。所以はいかん。まさに知るべし、このところは即ちこれ道場なり、諸仏ここに於いて阿耨多羅三藐三菩提《あのくだらさんみゃくさんぼだい》を得、諸仏ここに於いて法輪を転じ、諸仏ここに於いて般《はつ》涅槃したまふ。」とあります。塔を建てることは法華経の功徳にこたえて供養することであり、どこでもいい、それを建てることを経文は要求しているのであります。というのは、どんなところでも仏の道場となりえないところはないので、もろもろの仏がそこで覚りを開き、もろもろの仏がそこで教えを説き、もろもろの仏がそこで涅槃に入るからであります。ここでは塔はすでに半ば象徴的な意味をもっていますが、実際の塔でもある。（これは法隆寺の百万塔のような小さな塔を考えれば別に不当な要求ではありません。）

賢治は法華経の行者として、経文の要求するところを忠実に行おうとする覚悟を常にもっていた。覚悟はもっていても実際にそれを行うのは容易なことではない。その慨きを賢治は幾多の詩にしているので、この病臥中の詩には、病臥というままにならぬ状況の中で、特にそれが多い。それは「春と修羅」第一集第二集の大部分を占める、いわゆる「心象スケッチ」ともちがえば、「春と修羅」第三集以後に見られる社会感情の或る傾斜をはっきり示している一連の詩――「稲作挿話」や「政治家」や「作品第一〇八八番」によって代表せられる一連の詩ともちがっている、宗教的感情のあからさまに出ている秘かな祈りや自戒のつぶやきであります。

熱またあり
水銀は青くひかりて

今宵また熱は高めり
散乱の諸心をあつめ
そのかみの菩薩をおもひ
息しづにうちやすらはん
……………

また

そのうす青き玻璃の器に
しづにひかりて澱めるは
まことや菩薩わがために
血もてつぐなひあがなひし
水とよばるるそれにこそ

われはこれ塔建つるもの

また

名声

なべてのまこといつはりを
ただそのままにしろしめす
正偏知をぞ恐るべく
人に知らるることな求めそ

また名を得んに十方の
諸仏のくにに充ちみてる
天と菩薩をおもふべく
黒き活字をうちねがはざれ

また

熱とあへぎをうつつなみ
死《しに》のさかひをまどろみし
このよもすがらひねもすを
さこそはまもり給ひしか

瓔珞もなく沓もなく
ただ灰いろのあらぬのに
庶民がさまをなしまして
みこころしづに居りたまふ

み名を知らんにおそれあり
さは言へまことかの文に
三たびぞ犯し置かれける

おんめがみとぞ思はるる

さればなやみと熱ゆゑに
みだれごころのさなかにも
み神のみ名によらずして
法の名にこそきましけれ

瓔珞もなく沓もなく
はてなき業《ごう》の児らゆゑに
みまゆに雲のうれひして
さこそはしづに居りたまふ

また

夜

これで二時間
咽喉《のど》からの血はとまらない
おもてはもう人もあるかず
樹などしづかに息してめぐむ春の夜
ここここそ春の道場で
菩薩は億の身をも棄て
諸仏はここに涅槃し住し給ふ故
こんやもうここで誰にも見られず
ひとり死んでもいいのだと
いくたびさうも考をきめ
自分で自分に教へながら
またなまぬるく
あたらしい血が湧くたび

なほほのじろくわたくしはおびえる

この詩の「こここそ春の道場で／菩薩は億の身をも棄て／諸仏はここに涅槃し住し給ふ故」はさっき私の引用した法華経如来神力品の中の「このところは即ちこれ道場なり、……諸仏ここに於いて般涅槃したまふ」を明らかに踏まえています。仏は久遠実成の仏として、いついかなるところにも常にいますという信仰が美しく生きているばかりではない、仏菩薩をうつつに見ているのであります。そのようにして、詩人は「われはこれ塔建つるもの」の中では、「燎々と暗をてらせる」塔をもうつつに見たでありましょう。それがこの詩の中の塔の姿を何か美しいものとして読者の眼にも映ぜしめているのであります。

二時間もつづく喀血のさなかなどでは、彼は死の怖れをも感じたでありましょう。そういう気持も表現されております。そうでなくても、繰り返し繰り返し散乱心に悩んだことでありましょう。この病臥中の詩には賢治のどの時期の詩にも見られないほどな暗い絶望的な調子のものがあります。さきに引いた詩の中でも、「胸はいま／熱くかなしい鹹湖であつて」や「その恐ろしい黒雲が」にはそれがよく見えます。「眼にて言ふ」の中には自嘲的とも自虐的ともいってよい調子さえ見える。

だめでせう
とまりませんな
がぶがぶ湧いてゐるですからな
ゆうべからねむらず血も出つづけるもんですから
そこらは青くしんしんとして
どうも間もなく死にさうです
けれどもなんといい風でせう
もう清明が近いので
あんなに青ぞらからもりあがつて湧くやうに
きれいな風が来るですな
もみぢの嫩芽と毛のやうな花に
秋草のやうな波をたて

焼痕のある藺《いら》草のむしろも青いです
あなたは医学会のお帰りか何かは判りませんが
黒いフロックコートを召して
こんなに本気にいろいろ手あてもしていただけば
これで死んでもまづは文句もありません
血がでてゐるにかかはらず
こんなにのんきで苦しくないのは
魂魄なかばからだをはなれたのですかな
ただどうも血のために
それを言へないがひどいです
あなたの方から見たらずゐぶんさんたんたるけしきでせうが
わたくしから見えるのは
やつぱりきれいな青ぞらと
すきとほつた風ばかりです

しかしこの絶望と自嘲の調子の中にも、何か透明で清澄なものがここにはあります。そしてその透明で清澄なものは、明らかに彼の深い信仰心と自然の風物に対するいつでも溌剌とした感受性からきている。「どうも間もなく死にさうです」の次にくる「けれどもなんといい風でせう／もう清明が近いので／あんなに青ぞらからもりあがつて湧くやうに／きれいな風が来るですな」は、如何にも実感がこもっていて、その「すきとほつた風」のように、こちらの心にも爽やかにはいってくる。そしてそれが絶望と自嘲の調子を和らげてくれる。

まなこをひらけば四月の風が
瑠璃のそらから崩れて来るし
もみぢは嫩いうすあかい芽を
窓いつぱいにひろげてゐる
ゆうべからの血はまだとまらず
みんなはわたくしをみつめてゐる

またなまぬるく湧くものを
吐くひとの誰ともしらず
あをあをとわたくしはねむる
いままたひたひを過ぎ行くものは
あの死火山のいただきの
清麗な一列の風だ

これは同じ状況を一層静かに歌ったもので、ここにはもう絶望や自嘲の調子は見られない。しかし暗い気分はやはり支配的で、そしてこの暗い気分は、最初の「たけにぐさ」など二、三の例外を除いて、当然ながらこの病臥中の詩のほとんど全体を覆うている。

「われはこれ塔建つるもの」は、そういう中にあって、例外中の例外であります。これは大きな自己肯定の詩であります。これは賢治の他のどんな詩にも見られないくらい大きな自己肯定の詩であります。ここにも暗い気分が背後にないではありません。一体この「疾中」の詩には全部にわたって心情の一貫性と切実性とがあって、これは他の時期のものとはっきり区別できます。同じ病臥中のものでも、あの最後の時期の「手帳」には、いろいろなものがまじっていて、その一つ一つにそれぞれの切実性はありますけれども、一貫性は見られません。今ここで問題にしている諸詩篇には、切実性とともに一貫性がある。もっとも一貫性という中にも、一方に暗い死の怖れと他方に仏の救いへの信頼、一方に病いの苦痛と他方に美しい自然の慰め、一方に黒い活字による世間的名声への執着と他方十方諸仏へのいやます想い、という対立は常に見られるので、そしてそういう対立と結びついてもう一つ、間歇的に繰り返す自己否定と自己肯定との対立があります。この自己否定と自己肯定とが宗教的心情の緊張の中で交互しているので、「われはこれ塔建つるもの」はその自己肯定の一つの極を示すものとしてよいでしょう。従ってこれは単純素朴な自己肯定ではなく、自己否定の極との間に大きな緊張関係を持続しているもう一方の極なので、それによってこれは一層大きな自己肯定となっているのであります。

しかしここに一つの疑問がある。「いざここに一基をなさん」とか「いざさらに一を加へん」というのは、自分がやがて死ぬものとして、自分の死がそのまま塔を建てることになるというのであるか——それならば今まで自分のしてきたことは、詩や童話の創作も、羅須地人協会の活動も肥料設計も、すべて仏の本意にかなう立派な仕事であったという自信の上に立つことになる。しかしそうではなくて、今はこんなからだだが、再び健康を取り戻すことができるかも知れない。そうなったら、自分は塔を建てるものの使命感によって、もっともっと懸命に生きよう、そういう覚悟をうたったものとなる。私はこの後者の解を取りたいのですが、まだどうもよく分らないところがある。ひょっとするとそのどちらでもなく、別に今すぐ死ぬものとも、なお命ながらえるものとも、そんなことは表だって思わずに、宗教的心情の昂揚のままに、自分の使命感だけを強くうたった——そういう大きな使命感に突き動かされながらそれに堪えそうもない肉体のなげきを歌ったというより、弱い肉体にさいなまれながら、大きな使命感に生きねばならぬ苦しい心の昂揚を歌ったというべきかも知れません。いずれにしても「むさぼりて厭かぬ渠」と「正しくて愛しきひと」とは、同じ人、同じ久遠実成の如来で、人にして仏、仏にして人なる存在であります。「むさぼりて厭かぬ」とは、それを信ずるものに自己犠牲を要求することである。「菩薩は億の身をも棄て」とさきに引いた「夜」の中にありますように、「むさぼりて厭かぬ」仏菩薩自身、「むさぼりて厭かぬ」仏菩薩に促されて自分の身を捨てているのであります。「いざここに一基をなさん」はその模範に随うことにほかならぬ。法華経提婆達多品には「三千大千世界を観るに乃至芥子の如き許りも是菩薩にして身命を捨てたまふ処に非ざること有るなし」とある。「菩薩は億の身をも棄て」はこういう経文の言葉を受けているものであります。それなればこそ菩薩はどこにでも いますのであります。「熱とあへぎをうつつなみ／死《しに》のさかひをまどろみし／このよもすがらひねもすを／さこそはまもりたまひしか／瓔珞もなく沓もなく／ただ灰色のあらぬに／庶民がさまをなしまして／みこころしづに居りたまふ」のであります。われわれの祖先はこれを「ほとけはつねにいませども／うつつならぬぞあはれなる／ひとのおとせぬあかつきに／ほのかに夢に見えたまふ」と歌いました。これは千年前の日本の庶民のおもいであった。これは今のわれわれには全く縁遠い。しかし病中の賢治の中には、そのおもいが、千年前のわれわれの祖先より一層切実に生きていたにちがいありません。

それだけではありません。「うす青き玻璃の器に」しずかに光って澱んでいる水も、菩薩が自分のために血をもってつぐないあがなってくれたものなのであります。かく観ずれば、今死ぬのも命ながらえるのも、さして問題とするに足りない。自分というもの、自分があるということ、自分の過去、現在、未来、それもひっきょう因縁であって、本源の法に従ったことにほかならぬ。賢治は法華経の受持者として、その本源の法の名を妙法蓮華経とし、「生もこれ妙法の生、死もこれ妙法の死」としておりますが、この（一九二九年二月）という日附をもっている詩の形をした断片に示されているところを離れても、「いざここに一基をなさん」とか「いざさらに一を加へん」とかいう詩句を、過去、現在、未来を絶した宗教的心情の産物とすることはできるでありましょう。

二

以上で私は「われはこれ塔建つるもの」という詩句の一応の解釈をしたつもりでありますが、更にこの詩の賢治文学中に占める位置について思うところを述べて見たいと存じます。この詩はすでに申しましたように、特に出来のいい詩と いうには遠い。「われはこれ塔建つるもの」という言葉自体、言葉の構成の上からいうといささかぎごちない。しかしそれにもかかわらず、私がこの詩をこうして主題に選びましたのは、この詩を「雨ニモマケズ」のいわば先駆をなす、同じ系列の作品と考え、「雨ニモマケズ」によってこの詩を見るとともに、この詩によって「雨ニモマケズ」を見ることが必要だと考えているからであります。

「雨ニモマケズ」とこの詩とでは 調子がまるでちがう。「雨ニモマケズ」は謙虚な願いと祈りをこめた、自分が自分に言い聞かせる言葉であるのに対して、「われはこれ塔建つるもの」は、大きな使命感に生きる者の自己肯定の宣言であります。そういう点で二つは調子がまるでちがっている。しかしそれでいて、この二つは同じ系列の作品なので、そう解することによって、この二つの作品は初めて正しく解せられると、私は言いたいのであります。

「雨ニモマケズ」についてはは近頃とかくの批評があります。1、その思想が自己閉鎖的で、敗北的であるとか、2、その修辞もそれに準じて古めかしい対偶法などを盛んにつかって、具体的な現実感を失っているとか、3、中にはこれは「宮沢賢治のあらゆる著作の中でもっとももとるにたらぬ作品のひとつであろうと思われる」とか。これはそういう「とかくの批評」を代表する中村稔君の批評で、最後の3の言葉はその中村稔君の言葉そのままの引用であります。1と2とは前からほかの人達の批評にもちょくちょくあったものですが、3におけるようなはっきりした断定はほかに私は知らないので、特にその言葉を引用したわけであります。

中村稔君は農民の友としての賢治の実践の最も大きな意義を、羅須地人協会における活動に置いている。ここでは賢治は農業技師であり、農民に対する献身的な奉仕者、助言者である。彼は花巻、石鳥谷その他数カ所に肥料設計事務所を設け、無料で設計相談に応じ、農村を巡っては稲作の指導をする。そして冷害、水害、風害、旱魃、病虫害等の災害予想のあるたびごとに、盛岡測候所や水沢緯度観測所を訪れてその対策を講ずる。これこそ真の農村活動というべきである。「雨ニモマケズ」は、この羅須地人協会の賢治に比べて、全く積極性を欠いた、乾からびた人間像を描いているに過ぎぬ。そう中村稔君は言うのであります。

「雨ニモマケズ」は僕にとって、宮沢賢治のあらゆる著作の中でもっともとるにたらぬ作品のひとつであろうと思われる。雨ニモマケズはつづいて風ニモマケズと対比されることによって、ともに具体的な現実感をうしなっている。雨ニモマケズ／風ニモマケズの詩句が、スローガンのように流行することは、この詩句の観念的な欠陥に因っているので、この詩句がすぐれているためではない。そしてこの詩句の意味するところは、つぎの雪ニモ夏ノ暑サニモマケヌと同じく、丈夫ナカラダの修飾句であるのだが、……語勢がつよすぎるために、雪ニモ夏ノ暑サニモマケヌの次句をかえって弱くひびかせ、逆にこの雨ニモマケズ／風ニモマケズを浮き上らせている。しかも雪、夏ノ暑サが対比され、さらにこれが雨、風と対比されることにより、いずれも言葉が内包している意味を打消しあっている。この対偶法とよばれる修辞法がこれほどおびただしくつかわれている作品もすくないであろう。

そしてこれにつづいて「東ニ病気ノコドモアレバ云々」の一連について更に次のように言っている。

なぜ、東西南北と四方にわけてならべなければならなかったのか。病気ノコドモ、ツカレタ母、死ニサウナ人というようなほとんど似かよった観念の並列はむしろ苦しげにさえ感じられる。そしてまた、

ヒデリノトキハナミダヲナガシ
サムサノナツハオロオロアルキ

と対比される。……

およそこうした修辞法ほど「春と修羅」の宮沢賢治と無縁だったものはない。「春と修羅」における賢治はとどまるところを知らぬ大河の奔流のように、かくれた魂と自然の襞をさぐり、暗がりをあかるみにだし、へりくだった低いつぶやきからたかぶった叫びまで、あらゆ

る振幅をしめして飽くことを知らなかった。そこでは修辞などという作業ははいりこむ余裕はなかったのだ。詩人はその魂の動揺をそれほどに忠実においかけていたのであり、そのためにこの詩集は、あたらしい言葉の戦慄をみつけだしたのであった。だが、「雨ニモマケズ」においては、もはやそうした詩人の魂は振幅をとめてしまっているのである。それが古めかしい技法でこの作品をささえさせた理由であった。

こういう、修辞法を中心とした詩の文学的価値に対する貶下は、更に詩の思想内容にも及ぶ。

詩人の魂がその振幅をしめしていないと同様に、この作品に欠けているものは、精神のわかわかしいはたらきである。もしこれが花巻農学校教師であった時期の賢治によって、あるいは羅須地人協会をはじめた時期の賢治によって書かれたならば「ケンクワヤソショウガアレバ、ツマラナイカラヤメロト」はいわなかったろう。「オツペルと象」における象の集団も、オツペルの桎梏から仲間の白象をすくいだすためには、オツペルの塀を踏みにじり牢をこわすことを躊躇していない。また、「ポラーノの広場」に協同組合工場をつくりあげようとする少年農夫ファゼーロなどの山猫博士デステゥパーゴに対するたたかいに、賢治の分身レオーノ・キューストは助力を惜しんでいない。過重の労働を強制する「カイロ団長」に対して、仕事が晩までにできなかったら、みんな警察へやってしまうぞと脅かされるときは、労働者である雨蛙たちは口々に「どうか早く警察へやって下さい」と昂然と叫ぶのである。

これらの時期の賢治は「ヒデリノトキハナミダヲナガシ、サムサノナツハオロオロアル」くことをもって足りるとしていたわけではない。それは年譜に「八月　稲作不良に心痛し、風雨の中を徹宵東奔西走、遂に肋膜炎に罹り」とあるのによっても知られる。「羅須地人協会の賢治がその手をのばしたのは、病気の子供やつかれた母や、死にそうな人だけではなかった。むしろたえざる旱害と冷害と、そして低米価政策の下で働きつづけねばならぬ岩手の農民たちそのものであった。」そう中村稔君は言うのであります。そしてそこから、「雨ニモマケズ」は、羅須地人協会からの全面的退却であり、「農民芸術概論綱要」の理想主義の完全な敗北であると断言し、この作を「賢治がふと書きおとした過失のように思われる」とまで言うのであります。

ところが、この弾劾のあとで、すぐ中村稔君は「だがそれにしても、この作品がある異常な感動をさそうものをもっていることは否定できない」と言っている。これはどういうことなのでありましょうか。その理由を中村稔君は修辞法の上からも追求していますが、ヒデリノトキハナミダヲナガシ／サムサノナツハオロオロアルキという「この作品のなかでもっとも個性的といわれる章句」について「これほど心をうたれる句はこの作品の中には他にないし、賢治の全作品をつうじてもすくない」と言っている。

　これはどういうことなのでありましょう。「これほど心をうたれる句は、……賢治の全作品をつうじてもすくない」そういう句をふくんでいる詩を、どうして彼は「賢治のあらゆる著作の中でもっとももとるにたらぬ作品のひとつ」としているのか。これは私には理解できないことであります。これは明らかに矛盾を含んでいる。それならこの矛盾をどう解いたらよいか。

　中村稔君は賢治の生活と精神との変貌を跡づけて、一つの思想的固定点をつくり、その思想的固定点の上に立って、もっぱら頭で、頭でのみ、「雨ニモマケズ」を否定したのでありますが、詩人として、というより一個の人間として、この詩の清澄透明な表現の深みから輝き出るものに、心を動かされないわけにいかなかったのであります。

　中村稔君は農村における実践活動を、社会運動の一環としての農民運動に本筋があるべきものとして見ている。それで、それに近づいた際の賢治を大きく肯定し、それから離れた際の賢治を否定的に見ているのであります。これは賢治が一般に農民詩人と呼ばれ、その農村における実践活動によって伝説的な聖者的光輪を頭上に冠せられている現状に対する一つの批判とすべきでありましょう。だから彼はいうのであります。「賢治はただ涙をながし、おろおろと歩くことをもって足りるとしていたわけではない。しかしその結果から回想するときは、涙を流し、おろおろと歩く以上のなにをしたということができるのか。この詩句の背後には、そういう賢治の烈しい憂悶と悔恨とがある。」この詩句が異常な現実感をもっているのはそのためにほかならないので「この詩句から賢治の敗北感を感じとることができないとすれば、それは宮沢賢治にまつわる俗説にまどわされているからだ」ということになるのであります。そしてそこから「雨ニモマケズ」を善意の文学と呼んだり、賢者の文学と呼んだりすることをあやまりとするのであります。私はかつて賢治の文学を賢者の文学と呼び、「雨ニモマケズ」にその最も純粋な表現を見た者として、この詩のために更に弁じなければならない。

中村稔君は千九百二、三十年代の東北における農村の顚落という社会的背景から賢治をとらえている。中小地主の没落や貧農の増加を、更にウォール街にはじまったパニックの後進資本主義に与えた深刻な余波としてとらえている。そこから、農業の発展を商業を拒否することによって捉えようとする賢治の立場を批判している。「商業的農業の発達が資本主義発達の指針であるとすれば、この詩人農業技師が歴史の進歩に逆行する方向に、かれのユートピアを築こうとしたことはあきらかである」と。中村稔君はこういう社会経済史的見方を一貫し、その観点から、賢治の活動を羅須地人協会の時代を頂点とするものとし、それが結局挫折したところに、賢治の悲劇を見ているのであります。「雨ニモマケズ」はその挫折と敗北との産物である。

その理論はそれとして一応明快であります。しかしそれは、元来割切れないものを手軽に割切ったところからきている明快なので、肝心なものを取り落している。だから少し立ち入っていくと、さっき私が指摘したような、評価の矛盾に陥るのであります。「宮沢賢治のあらゆる著作の中でもっとももとるにたらぬ作品のひとつ」という詩に「だがそれにしても、この作品がある異常な感動をさそうものをもっていることは否定できない」と言い、ヒデリノトキハナミダヲナガシ／サムサノナツハオロオロアルキの一節を「これほど心をうたれる句は……賢治の全作品をつうじてもすくない」というような矛盾に。それを中村稔君は、羅須地人協会における賢治の活動の挫折によって説明し「この詩句から賢治の敗北感を感じ」とり、「この詩句の背後」に「賢治の烈しい憂悶と悔恨と」を見ています。私の見方はそれとはちがい、特にここに「悔恨」を見ようとしているのを不正確と思うものですが、仮りにそう見ることができるとして、それがこの詩の評価に何のかかわりがあるのか。「この作品に欠けているものは精神のわかわかしいはたらきである」と中村稔君は言い、童話「オッペルと象」や「ポラーノの広場」や「カイロ団長」における賢治の社会的姿勢とこれを比較しています。私はさっき彼が「一つの思想的固定点をつくり」、その思想的固定点の上に立ってすべてを裁いていると言いましたが、これはその恰好の例で、これでは結局「プロレタリア文学」全盛時代の型にはまった作品批評の新版ということになってしまいます。

これはこれで一つの批評です。しかしこれで宮沢賢治が片づいたと思ったらとんでもない大間違いであります。「精神のわかわかしいはたらき」は社会的実践においても詩的活動においても一つの事であるにちがいありません。しかし社会的実践においても詩的活動においても、そこで大きな役割を演ずるものは「精神のわかわかしいはたらき」だけではありません。一人の詩人、画家、小説家は、その精神と生活との発展の中でさまざまな象面を示すので、どれがその資質と本性とに最もかなうものであるかを見分けるとともに、その全体像を捉える努力をしないでは、公正を欠くことになるのであります。

私は中村稔君の「宮沢賢治」を読みながら、自然に中村光夫君の「志賀直哉」を思い出しておりました。同じように明快な理論でありますが、同じように肝心なものを取り落している。性質こそちがえ、いずれもはっきりした視点を設定したことによってその明快をかちえているのでありますが、それによって切り捨てることのできないもの、切り捨ててはならぬものを切り捨てている。そこには東洋と西洋の芸術の伝統の問題もあれば、人間の生き方の問題もある。そしてそれは今日の文明の方向と人間の運命とに深いかかわりをもつ問題なのであります。志賀直哉は中村光夫で片づいていないし、宮沢賢治は中村稔で片づいていない。もともと一流の作家に片づくということはないものです。中村光夫も中村稔もそんなことは考えていないでしょう。二人の批評の書はそれぞれすぐれたものとして、多くの人達に賞讃されてきました。私もそれを認めるものです。しかしそれだけに、もし考えの浅い人達によって、志賀直哉はあれで片づいた、宮沢賢治はあれで片づいたと思われたら、これはとんでもないことになる。志賀直哉も宮沢賢治もそんなにたやすく片づく存在ではないのであります。*

＊志賀直哉については、この後雑誌「文学」（昭和三十六年十一月号）の「座談会・近代日本文学史14」の勝本清一郎、本多秋五、猪野謙二諸氏との対談で私の思うところを述べている。

そこでもう一度前にかえれば、私のいう賢者の文学とは、何よりも社会的に健康な生活者の文学、たえず道を求めてやまない実践者の文学をいうので、これは明治以後の新文学が、常人以上に煩悩のとりことなり、常人以上に過ちを犯し、常人以上に弱い人間の文学として栄え、それをむしろ文学の本流とした事実を考えての上であります。これは賢治を煩悩の世界と無縁の人とすることではありません。賢治もまた一人の人間として人間的煩悩に常に悩んでいました。賢治は自分をよく修羅とよんでいます。修羅とは仏数の教えで人間と畜生との間にあって、人間が癡、慢、疑の業行によってそこに身を堕す境界とされ、憎嫉闘諍を事とする存在であります。賢治は自らその詩の中にうたっているように、いくたびもその修羅の涙を流した人であります。賢治の詩にも童話にも、怒り、憎み、嫉妬、羨望、怨恨、傲慢、虚栄、名誉欲、権力欲等あらゆる人間煩悩のなまなましい表現があります。これは実生活においてもそういう煩悩をもっていたということであります。にもかかわらず彼の文学を賢者の文学とするのは、それらの煩悩に彼が打ち克ってきたからであります。文学の上ではそれらの煩悩のなやみを制作の母胎としても、生活と実践の上ではそれに常に打ち克ってきた。その間の消息を私はかつて「修羅のなみだ」という一文の中で扱ったことがありますが、「雨ニモマケズ」はそのようにして行きついた最後の境地なのであります。賢治がなお命ながらえたら、それは変ったかも知れない。しかし賢治の短い、そしてはげしい生涯においては、これが究極の境地だったのであります。この詩が透明素朴で一見解し易く見えながら、あやまって受け取られることの多いのは、これが多くの否定を経た後の肯定であり、実際には複雑なものを背後にひそめている単純だからであります。かつてシェストフがトルストイについて言ったように、賢治もまた「あらゆる手段をつくして平凡に到達しよう凡人にまでなり下ろうとした天才」の一人であったのです。デクノボウの理想像は、それが法華経の常不軽菩薩に由来するにせよしないにせよ、羅須地人協会の「挫折」よりずっと遡って古くから賢治の中にありました。童話「どんぐりと山猫」も「虔十公園林」もそれを証しているのであります。「雨ニモマケズ」は形の上では、羅須地人協会からの全面的退却であったかも知れない。羅須地人協会の「挫折」がもたらした賢治の孤独と無力感を考えずに「雨ニモマケズ」は理解できないかも知れない。しかしそれは宮沢賢治の生活と精神との挫折でもなければ、まして宮沢賢治という一個独自の存在の意義の否定ではありません。それどころか、その生活と精神との円現であり、その存在の意義の確立なのであります。

三

賢治の精神と生活とは四つの次元をもっていたと私は考えます。即ち詩人、法華経の行者、農業技師、農民の友で、それを図式化して、四つの頂点をもった三角錐にたとえてもよいでありましょう。そして詩人を芸術の人、法華経の行者を信仰の人、農業技師を科学の人、農民の友を実践の人とすれば、その図式は次のようになります。

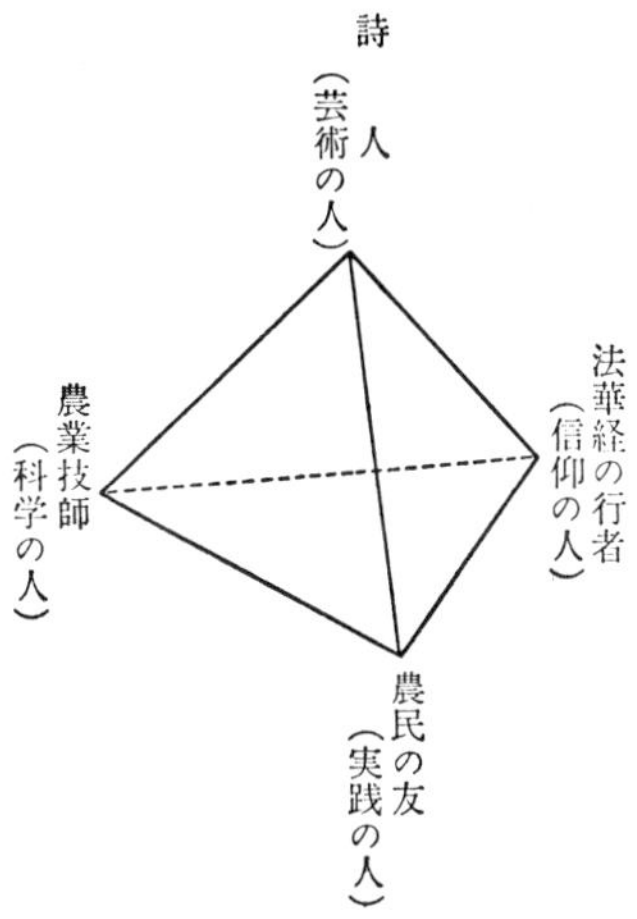

このそれぞれの頂点は、互いに牽引し合いながら互いに反撥し合うという二重の力関係をもつもので、精神と生活との展開の時期によって、四つのうちのあれやこれやが特に大きな比重をもって表面に立ちあらわれるようなこともあったのですが、やがてまたほかのものが表面に立ちあらわれる。従って賢治を全体として見ようとすれば、この四つの次元が相互牽引と相

互反撥との二重関係の中で一つに結ばれている統体を考えなければならない。賢治についてのどんな発言も、それを根本に想定していないでは的をはずれると私は思っています。

私はかつて賢治理解のために、彼において何が根源の体験であり、何が教養体験であったかを分つことの必要を説いたことがありますが、* それもこの考え方につらなるものであります。

* 「まづもろともにかがやく宇宙の微塵となりて」

1　賢治は法華経を初めて手にするまでに、すでに仏教の教えに親しんでいた。父母が浄土真宗の篤信者であったため、朝夕の仏壇の前の勤行によって、四歳の時には「正信偈」や「白骨の御文章」をそらあんじていたというし、更に小学校の頃から父の言いつけで寺の説教を聴聞に行ったり、東京から新時代の学僧達が講習に来た折などよく出かけたという。こういう精神的環境が幼い柔らかい心にどんな感化を与えるかはよく知られている。そうでなくても浄土和讃や巡礼歌は、当時の、明治三十年代の東北地方には至るところで耳にされたであろうし、地蔵菩薩や賽の河原の話は、祖母たちや母たちが小さい子供に語って聞かせる最もありふれた話であったろう。当時の日本は、ラフカディオ・ハーンが美しい日本として描いた仏教的民間信仰の世界と多く隔っていなかったのである。こういう世界の中で少年賢治は世の無常と仏の慈悲との深い感情を植えつけられたのである。その浄土教的信仰に後に賢治は反感をもち父母に改宗を迫ったほどであるが、それにもかかわらず、これを私は賢治の宗教的原体験と考えるもので、法華経の心読を柱に大乗仏教の教理を自分のものとするに至るのは、その原体験の上に初めて可能となったことなのである。すなわちそれは教養体験なのである。

2　原体験と教養体験とのこういう区別を更に押し進めると、原体験としての自然体験と教養体験としての自然科学とが区別される。自然体験は一年の三分の一を雪に埋れて過ごすようなその風土の体験であるが、中学生の頃からさかんに山野を歩きまわり、野宿が好きで、「風とゆきき し雲からエネルギーを取」るのが日常になっていたような生活によって、おのずから大宇宙と交感し、「時には惚として銀河系全体をひとりのじぶんだと感ずる」(大正十四年九月二十一日付宮沢清六宛手紙)、そういう自然体験である。その原体験としての自然体験に、自然科学は教養体験として重ねあわせられたものである。彼にとって自然科学は単なる知識ではなかった。彼の詩的語彙の中には、化学や岩石学や土壌学や天文学の専門学術語が夥しく使われているのによってもそれは知られる。しかしそういう科学の専門語を詩的語彙として自由に駆使させているものは、ほかならぬ原体験としての彼の自然体験なので、科学の専門語がたまたま彼の感受性の独自の性格をあらわすに好適であったにしても、自然の原体験がなければ、それを詩的言語として生かすことはできなかったであろう。

3　賢治の少年時、質屋と古着屋とを兼ねていたその家業によって、貧しい人たちの生活を知り、特に農民のあわれな生活の実際を知ったことは、彼の心に深刻な烙印を押した。従ってこれを第三の根源の体験としてよいであろう。これが世の無常と仏の慈悲との宗教的根本感情と結びついて、彼の社会感情を培った。彼を終生農民の友としたのは、この宗教感情と表裏した社会感情である。これは彼の詩にも童話にも、「農民芸術概論綱要」のようなものの中にも、深い淵をなしてたたえている。これに応ずる教養体験としてまず社会科学の知識がある。賢治の蔵書目録を見ると、そういう書物のいくつかを読んだことが知られるし、その痕跡は「農民芸術概論綱要」のメモにも見られる。しかし、これは賢治に対して決定的な作用をしていない。そしてそれをそうさせなかったには、彼の宗教的体験の重さが作用していると思うが、彼の芸術体験もそれに与っているであろう。その芸術体験の中で最も大きなはたらきをしたのは、恐らくレコードによる音楽である。音楽は人間の心の最も奥深いところに触れ、それを動かし、養い育てるもので、それは創るものを創るものといってよいが、それだけに物象から離れた世界へ人を誘い、社会的関心から人を引きはなすような作用をする。従って賢治においてもその教養体験としての音楽は、彼の根源の体験に由来する社会感情を内面的に深めることをしても、その外に向かうエネルギーを社会運動たらしめないで宗教運動たらしめるような方向に向かわせたと考えられる。

4　これらの原体験と教養体験とは、それぞれの領域の中で、またそれぞれの領域を超えて、互いに作用を及ぼしあっているので、時にはそれは分ちがたいまでに入り組んだものとなっているが、そういう間にあっても、原体験が教養体験より一層大きな比重をもっていることは疑いない。第一に、法華経の行者としての賢治も、幼少の頃からの宗教的原体験の上に初めて生まれたと見るべきで、その幼少の頃からの宗教的原体験がなければ、法華経の行者としての賢治は生まれなかったであろう。同様に、その自然科学の知識は少年の日からの自然体験によって生かされているので、その原体験がなかったら、物の考え方の上からいっても、詩的表現の上からいっても、自然科学の知識があゝいうはたらきをしたかどうかは疑わしい。更に第三に、羅須地人協会時代の農業技師としての実践は、幼時からの遠い由来をもった宗教感情と社会感情とにそのエネルギーの根源を得ているので、それだけに、社会運動としての農民運動となる可能性の少いもののであった。これは「農民芸術概論綱要」を一読すれば分ることであるし、「きみたちがみんな労農党になってから／それからほんとのおれの仕事がはじまるのだ」（作品第一〇一六番）などの詩によっても分ることである。しかもこの詩は、賢治に社会感情の或る傾斜が見られ、それが賢治に一生のうちで最も社会運動家に近い姿勢をとらせた時代のものなのである。だからこそ賢治は詩人になったのであり、そして一生詩人であったのだ。そうでなければ彼は宗教家になったかも知れないし、専門の農業技師になったかも知れないし、社会運動家になったかも知れない。賢治はそのどれにでもなることのできる資質をもっていたからである。しかし彼はそのどれにもならなかった。彼の全体像を、詩人と法華経の行者と農業技師と農民の友との統体に見ても、それはあくまで詩人としての彼の像なのである。その四つのものは深いところで一つになっている。というのは、全体の連関の中で根源の諸体験が一層大きな比重を担っているからであるが、それによってまた詩人であることが彼の本領となっているのである。

「雨ニモマケズ」はそういう詩人の作品であります。それが農民の友としてのひたむきな実践からの後退のように見えるとすれば、その実践を最も深いところで支えている宗教的心情に眼をふさいでいるからで、その宗教的心情に光を当てれば――繰り返し言ったように、これは根源の体験にもとづいた社会感情と切り離せないものですから――却って実践への前進の姿勢を示したものになるのであります。これを今日から見ても、羅須地人協会における賢治の努力、風土に合った稲の品種の採択や肥料設計による農業生産の上昇は、すでに広く一般化し、賢治の怖れた冷害や旱害も、昔のように農民の命取りとはなっていません。賢治を農業技師としてだけ見るならば、農薬の発達もあり機械化も進んだ現在、賢治の任務は終っているといってよい。そうでなくても、そういう賢治は何百何千の中の一人に過ぎません。しかし「雨ニモマケズ」の詩人はただ一人で、そこにあらわれている賢治の精神は、今も至るところで生きたはたらきをすることのできるものです。一一の行動が問題なのではありません。その大きな愛の精神にもとづいた願いと祈りとが問題なのであります。これがただの言葉に過ぎぬものでないことは、羅須地人協会における賢治の実践が証明しています。

「雨ニモマケズ」の修辞が型にはまっているという批評があります。しかしこれは経典や叙事詩の修辞法をとっているので、その発想が近代個人主義文学を超えているように、その措辞も近代個人主義文学を超えているのであります。賢治が仏教経典に通じていたことはその詩からも童話からも明らかで、今更いうまでもないことですが、「二十六夜」の中には「梟鵄守護章」のような経典のパロディーが見られます。叙事詩的修辞法についても、「北守将軍と三人兄弟の医者」の如く、これを自由に駆使しているものがある。いずれも童話的感興の赴くところ、自然にそういう表現をとったものでありましょうが、これはこれで、それぞれふさわしい表現になっています。こういうものではいつでも類型を描いているので、近代的現実感などはもともと目指していない。「雨ニモマケズ」も同様で、一つ一つの言葉は素朴な類型的表現の中に象徴的含蓄をもっている。具体的現実性をもたぬように見えるのはそのためで、現実性をそこに拒む者も切実性を拒むことはできないでありましょう。実際、その古風な修辞法の中にこの詩の今日における新しさがあるのであり、近代個人主義文学におけるような発想と措辞を斥けたところに、この詩の精神の高さがあるのであります。それは精神の枯渇によるどころか、逆に精神の個人を超えた高揚によるものなのであります。これを現実感がないと言ってけなすのは、ロマネスクやゴチックの彫像や壁画の人物に現実感がないと言ってけなすようなもので、ここには近代的現実感のないところに独自な超現実的現実感があって、その切実性がわれわれの心を動かすのです。「雨ニモマケズ」にもそういうものがある。中村稔君がこの詩をけなしながら、この詩が「ある異常な感動をさそうものをもっていることは否定できない」と言わねばならなかったのは、人間としてそういうものに感応せずにいられなかったからであります。

「雨ニモマケズ」を敗北の詩と見るのは、そういう賢治の全体像を正しくとらえていないからでありまず。中村稔君は農民の友としての賢治を、専ら社会運動家に焦点をあわせて見ようとしている。それだったらこれを敗北の詩としなければならないでしょう。しかしここには一層深い動機が生きているのであります。そういう深い動機による行動で、かつてイエスも孔子もプラトンもその志すところを実現できませんでした。その意味では彼等もまた実生活における敗北者でありました。しかしそれによって彼等は、存在そのものが呼び声であるような存在となったのでありまず。歴史に逆行したといえば、彼等も歴史に逆行したのであります。しかし彼等が歴史に逆行し、実生活における敗北者となったことこそ、彼等の魂の深さとその志の高さとを語るものなので、それによって彼等は賢者とせられ聖者とあがめられているのであります。

賢治の詩と童話との全部を、実生活における敗北の所産とすることもできないではありません。しかしそれによって賢治の文学は、現代に珍重すべき賢者の文学となったのであります。詩人の意味も時に歴史に逆行することの中に見出されます。歴史のダイナミックスは、その逆行と見えるものを、一層深く人間の運命に関与させることがあるもので、宗教や芸術はその背理に存在の一意義をもつものなのであります。賢治は必ずしも歴史に逆行した詩人ではありませんけれど、賢治の宗教的心情や実践を社会経済史的観点から見れば、そう言えなくもない。中村稔君が「雨ニモマケズ」を見ているのはまさしくその観点で、そこから彼はこの詩の思想を否定しているのであります。それが不当であることは、すでに述べた通りであります。

賢治の精神は「まづもろともにかがやく宇宙の微塵となりて、無方の空にちらばらう」というところにあります。ここには大きな使命感に結びついた自信とともに、全体の中に自己を没却し去ろうとする深い謙虚がある。自己を没却することが自己を生かすことなのであります。「雨ニモマケズ」では、その自己没却を志向する謙虚がおもてにあらわれて、一見、使命感による自信が見失われているように思える。しかしここにもそれはあるのであります。この詩が多くの否定を経た後の肯定として、その単純素朴な言葉の中に複雑な思念を蔵しているように、その謙虚な願いと祈りの中に、この詩は強い使命感による自信をひそめているのであります。「われはこれ塔建つるもの」を「雨ニモマケズ」の先駆をなす同じ系列の作品と私が考えるのはその故で、

「雨ニモマケズ」によって「われはこれ塔建つるもの」を解釈することが必要であるように、「われはこれ塔建つるもの」によって「雨ニモマケズ」を解釈することが必要なのであります。「われはこれ塔建つるもの」の大きな自信がなければ、欲ハナク／決シテ瞋ラズ／イツモシヅカニワラッテヰルことはできないし、ミンナニデクノボウトヨバレ／ホメラレモセズ／クニモサレズ／サウイフモノニなりたいなどとは思わないでありましょう。

それだけに、「詩を書くというような気持でなく、もっとじかに、自分の心の奥の最も深い願いを、自分自身に言い聞かせるというような気持で」――私はかつてそのように「雨ニモマケズ」という一文の中で言ったのでありますが――これは書かれたのであります。「われはこれ塔建つるもの」は、明らかに詩として書かれている。それだけに「雨ニモマケズ」のような詩を超えたもののもつ切実なひびきはここにはない。しかしおおらかな自己肯定の中に自己を滅却した精神の余韻がここにも聞える。「むさぼりて厭かぬ渠ゆゑ」、しかしそれはまた「正しくて愛しき人ゆゑ」、その人にして仏、仏にして人なる「渠」に自分の身を捧げるのであります。これは信仰による自己放棄であります。しかしその自己放棄によって自己は初めて生きるのであります。「いざここに一基をなさん」とか「いざさらに一を加へん」とかいう詩句が、一種沈痛なひびきを感ぜしめるのは、その故であります。

その沈痛なひびきは、遥かに「雨ニモマケズ」の自己滅却に通うひびきでありますが、同時に、「雨ニモマケズ」の自己滅却を大きな自己肯定に結びつけるものともなっている。「雨ニモマケズ」を「賢治がふと書きおとした過失のように思われる」という中村稔君の言葉はその点で大きくあやまっています。「雨ニモマケズ」は長い間の賢治の精神と生活との発展の中で、時には劇しいドラマもあったその発展の中で、自然に行き着いたところであり、「塔建つるもの」としての使命をもちつづけた一人の人間の、その使命感の最後の最も切実な表現なのであります。「塔建つる」とは、単に仏教の護持や宣布を意味しません。しかしそれは彼の信仰と無縁の実践ではない。その点でも「雨ニモマケズ」と同様で、「雨ニモマケズ」を法華経の解説として、これを仏教教理から直接とらえようとすることには私は反対しても、信仰の人としての彼と切り離してこれをとらえることのあやまりであることは、これを断言してはばかりません。そして信仰の人としての賢治と結びつけてこれを考える時、これを敗北の詩などということは絶対にできないのであります。ここには「われはこれ塔建つるもの」から一貫している大きな意志が見られるので、その意志は、賢治が真に賢治になって以来一生を貫いた意志なのであります。

宮沢賢治年譜

宮沢清六新編年譜に拠る

明治二十九年（一八九六）一歳

八月二十七日岩手県稗貫郡花巻町に、父政次郎、母イチの長男として生る。家は当時古着商及び質屋を営む。

明治三十二年（一八九九）四歳

家人の「正信偈」「白骨の御文章」を誦経するを聞いて暗誦す。

明治三十六年（一九〇三）八歳

四月、花巻町立花巻尋常高等小学校に入学。

明治三十八年（一九〇五）十歳

童話を好み、受持教師の話す童話に親しむ。

明治三十九年（一九〇六）十一歳

鉱物を採集し、昆虫の標本をつくる。綴方の宿題に長詩「四季」を書く。

明治四十二年（一九〇九）十四歳

三月、同校尋常科を卒業、成績優等。

四月、岩手県立盛岡中学校に入学、寄宿舎に入る。ランプ掃除など率先してやる真面目な舎生であった。余暇を見出し、山野の跋渉、植物標本の採集、礦石や印材の蒐集に熱中する。成績中以下。

短歌の創作を始める。この年より四十三年末までの短歌、十二首。

明治四十三年（一九一〇）十五歳

六月、同級生と南昌山に、七月、教諭及び舎生と共に初めて岩手山に登る。

明治四十四年（一九一一）十六歳

一、二月頃、スケートに熱中したが上達せず。

六月、平泉の中尊寺に修学旅行。単身岩手山に登る。以後土曜の放課後出発登山、日曜の午後帰舎することしばしばであった。

明治四十五年（一九一二）十七歳

六月、金華山方面に修学旅行、初めて海を見て感動する。

大正二年（一九一三）十八歳
　同校四年の第三学期、寄宿舎で同級生と共に暴れ、舎を追放せられる。

　成績落ち操行は落第点。

　四月、盛岡市北山の仏寺清養院に下宿し、仏書に親しむ。

　五月、北海道に修学旅行。北山の徳玄寺に下宿を移す。

　九月、北山の報恩寺の尾崎文英師の下に参禅。以後高等農林在学中もしばしば同寺に参禅する。

　明治四十四年一月より大正二年までに短歌、百五首を作る。以後ひきつづき短歌を作る。

大正三年（一九一四）十九歳
　三月、盛岡中学校卒業、成績中位。鼻手術のため岩手病院に入院、手術後発熱し、発疹チフスの疑いにて引き続き二ヵ月入院する。

　九月頃初めて妙法蓮華経を読んで感激、爾後常に座右に置いて読誦する。

大正四年（一九一五）二十歳
　四月、盛岡高等農林学校農科第二部（農芸化学科）に首席入学、同校寄宿舎に入る。

大正五年（一九一六）二十一歳
　三月、修学旅行により初めて東京、奈良、渥美、知多、箱根等を見学する。

　四月、特待生となり級長を命ぜられる。

　五月、短篇「家長制度」を書く。

　八月、絵画、浮世絵への関心昂まり、その研究のため帝室博物館見学に上京。

　十月、仙台、福島、山形地方を旅行。

　十二月、三度上京。

大正六年（一九一七）二十二歳
　四月、引き続き特待生、級長。盛岡市内丸二九玉井方に弟清六等と共に下宿。

　七月、短篇「秋田街道」を書く。

　七月末に、釜石、山田、宮古等の海岸地方を旅行する。

　八月の夏期休暇中に、岩手県江刺郡の地質を調査。

　十月、短篇「沼森」「柳沢」を書く。

十一月頃よりスキーを練習する。

大正七年（一九一八）二十三歳

三月、盛岡高等農林学校卒業。地質土壌肥料研究のため、同校研究生となり、関豊太郎博士の指導を受ける。

四月、岩手県稗貫郡土性調査を嘱託せられる。菜食生活を始め、爾後五年間継続実行する。

五月より九月に至る間、関豊太郎、小泉多三郎、神野幾馬と共に郡内各地の土性調査を行い、調査報告並びに地質及び土性図を完成する。

十二月二十六日、妹トシ（当時日本女子大学在学中）の病気看護のため母と共に上京、雑司ヶ谷雲台館に泊り、大学病院入院中のトシの看護を続ける。

大正八年（一九一九）二十四歳

二月妹トシの病癒え帰宅。

五月、短篇「猫」「ラヂュウムの雁」を書く。

この頃店に出て、家業の質店と古着商を手伝い、大正十年まで続ける。

夏頃、短篇「女」を書く。

秋頃、短篇「うろこ雲」を書く。

大正九年（一九二〇）二十五歳

十二月末、信仰益々篤く、ひそかに町内を実行する。

大正十年（一九二一）二十六歳

一月、法華経敬信の念愈々深く、父母一家の改宗を熱望せるも容れられず、遂に家を離れて上京せんと決意する。時たまたま、棚の上の日蓮上人遺文集が突然落下したので、家を去るのは今であると、法華経、遺文集を携え、旅費のみにて上京、本郷菊坂町稲垣方の一間を借り、昼は筆耕、校正等をし、夜は田中智学の国柱会に奉仕し、時には街頭布教もした。極度にきりつめた生活で、馬鈴薯と水でその日を過ごすことも多かった。が、日曜祭日には図書館で勉強した。

二月頃国柱会の高知尾智燿の奨めもあり、文芸によって大乗経典の真意を拡めんことを決意する。

在京の一月より八月に至る間、創作熱最も旺盛、或る月は三千枚も書く。全集第三巻、第四巻の作品は多くこの六ヵ月間に草稿或いは構想されたものが多い。

四月、父と二人で伊勢、二見、比叡、奈良地方を旅行する。

明治四十二年よりの短歌約九百十四首を一冊の歌稿にまとめ、「発表を要せず」と朱書する。この頃より作詩に転向する。

九月、妹トシ（当時花巻高等女学校教諭）病気の報に接し帰宅、大トランクに童話作品の原稿一ぱい持ち帰る。

九月、童話「どんぐりと山猫」。

十月、藤原嘉藤治と相知り、レコードによって交響楽、音詩を聴き、自由形式の詩（心象スケッチ）の創作に没頭する。

十一月、童話「狼森と笊森、盗森」「注文の多い料理店」。

十二月、岩手県稗貫農学校教諭となる。

十二月、「愛国婦人」に生前稿料を得た唯一の童話「雪渡り」を発表。

十二月、童話「烏の北斗七星」。

大正十一年（一九二二）二十七歳

一月、小岩井農場で詩「屈折率」「くらかけ山の雪」を作る。

一月から九月までに童話「水仙月の四日」「山男の四月」「かしはばやしの夜」「月夜のでんしん柱」「鹿踊りのはじまり」。二月頃より本格的にドイツ語、エスペラント語の独習を始め、世界語による創作を計画する。

精神歌を作詩、川村梧郎の作曲でこれを農学校の生徒に教え、続いて行進歌、応援歌、田植歌、剣舞《けんばい》の歌等を作詩、作曲する。

一月より十一月までに詩五十三篇を作る。

十一月二十七日、妹トシ死亡、享年二十五。大きな衝動を受ける。

大正十二年（一九二三）二十八歳

四月、岩手毎日新聞へ「東岩手火山」「やまなし」童話「氷河鼠の毛皮」を掲載。

五月、農学校生徒を監督し、自作「植物医師」

「バナナン大将」の二つの劇を上演。

六月、童話「シグナルとシグナレス」を岩手毎日新聞に掲載。

六月より十二月までに詩二十四篇。

八月、花巻町小舟渡北上河岸の第三紀層泥岩より、偶蹄類の足跡や胡桃の化石を掘り出し、ここを「イギリス海岸」と愛称して、生徒を引率しては泥岩の広場を或いは群舞し或いは水泳して遊ぶ。「牧歌」「イギリス海岸」等数篇を作詩作曲し、生徒と共に山野に高唱する。

交響管絃楽、音詩等のレコードを多数蒐集。不要になれば売却してまた新しいものを買った。

八月、青森、北海道、樺太を旅行し、「青森挽歌」「オホーツク挽歌」等を創作。

上京の度毎に図書館に通い、また各種映画演劇を観る。

土曜日の放課後、岩手山麓に出かけ、十里の道を歩き、日曜の夜に帰宅すること度々あり。

病気で欠勤中の同僚奥寺氏に俸給の大半をさき、死に至るまでそれをつづける。

大正十三年（一九二四）二十九歳

四月、「春と修羅」第一集壱千部を自費出版、知己に贈る。

五月、花巻農学校二年生を引率し、北海道に修学旅行。

七月、読売新聞に「惰眠洞妄語」なる題にて辻潤、「春と修羅」を激賞する。

八月、農学校生徒を監督し、自作の「飢餓陣営」「植物医師」「ポランの広場」「種山ヶ原」の四つの劇を同校講堂で上演公開。

十二月、イーハトーヴォ童話集「注文の多い料理店」を上梓。

「日本詩人」十二月号に佐藤惣之助「春と修羅」を激賞する。

二月より十一月までに詩約三百三十篇（うち現存するもの六十五篇）。

大正十四年（一九二五）三十歳

一月頃上京、高村光太郎を訪問する。

七月、オルガン、セロの独習を始める。

九月、草野心平編輯の「銅羅」第四号に詩「負景二編」を発表。

十二月、「銅羅」第五号に「休息」並びに「丘陵地」の二詩を発表。この雑誌には以後ひきつづいて昭和三年まで詩を発表した。

一月より十二月までに詩約七十篇を創作（うち現存するもの二十四篇）。

大正十五年（一九二六）三十一歳

一月、尾形亀之助編輯の「月曜」に童話「オッペルと象」を発表。

二月、「月曜」に「ざしき童子のはなし」を発表。

三月、「月曜」に寓話「猫の事務所」を発表。

三月三十一日、花巻農学校を依願退職。

四月、花巻下根子桜の仮寓に自炊生活し、附近を開墾し、農耕に従事する。

六月、「農民芸術概論」草稿。

八月、依頼を受け、求めに応じ、無料花壇設計工作をなし、夜は読書、作詩、音楽の勉強につとめる。

旧盆十六日、多年の理想であった「羅須地人協会」を設立、以後この日を農民祭日と定め、農学校卒業生篤農老青年を糾合して、稲作、園芸、肥料科学、農民芸術などの講義に当り、会員相互間の製作品分担及び交換、売買などの方法を講じた。

花巻及び近郊の農村に、数箇所の肥料設計事務所を設け、無料設計相談に応じ、農村を巡歴して肥料、稲作の指導講話をする。

謄写版で詩集出版を企てたが、多忙のため実現せず。原稿用紙、肥料設計用紙多数を謄写印刷する。

一月より十月までに詩三百四十八篇を作る。うち現存せるもの約三十三篇。

昭和二年（一九二七）三十二歳

六月までに、第一次肥料設計枚数約二千枚に達した。その後の枚数は不明である。

二月より八月までに詩九十篇を創作。うち存在せるもの三十五篇。

寒害、水害、風害、旱魃、病虫害等の予想ある毎に、盛岡測候所や水沢天文台を訪れ、対策を講じ、農村を巡る。

九月、上京、詩「自動車群夜となる」を創作。

九月、朝顔、菊、ダリア、トマトを栽培、白菜、甘藍等の収穫も多量に上り、自らリヤカーを引き、町内に配給する。

昭和三年（一九二八）三十三歳
一月、肥料設計、作詩を継続、この頃より過労と自炊による栄養不足にて漸次身体衰弱する。

六月、仙台に博覧会を見、水戸経由、上京し、詩「東京」の数篇を草稿する。

ひきつづいて、伊豆大島へ旅行、病気療養中の伊藤七雄と看護のチヱ子兄妹を訪れる。詩「三原三部」。

八月、心身の疲労を癒す暇もなく、気候不順による稲作の不良を心痛し、風雨の中を徹宵東奔西走し、遂に風邪、やがて肺炎にかかり、帰宅して父母のもとに病臥する。

昭和四年（一九二九）三十四歳
病床で読書、詩の推敲を続ける。

昭和五年（一九三〇）三十五歳
俳句を好み、新形式の文語詩の創作を始める。

夏、病床に岩手県松川駅前東北砕石工場主鈴木東蔵訪問、炭酸石灰について教えを乞う。

昭和六年（一九三一）三十六歳
三月、病気一時快癒す。

四月、東北砕石工場の技師に聘せられ、炭酸石灰及びその製法改良、加工に従事し、これら製品の宣伝、販売斡旋のため岩手、秋田、宮城、福島、東京等を巡る。七月「児童」創刊号に童話「北守将軍と三人兄弟の医者」を発表。

九月十九日、炭酸石灰、石灰製品見本を携行、本復に至らぬ身を無理に上京し、再び発熱し、神田の八幡館に病臥。東京で死ぬ覚悟でいたが、父の厳命によって帰宅。

十一月三日、「雨ニモマケズ」を病臥のまま鉛筆で手帳にしるす。

昭和七年（一九三二）三十七歳

病床にあって高等数学の研究を始める。

三月、「児童」第二号に童話「グスコーブドリの伝記」を発表。

植物性の食料を欲し、動物性食料を遠ざけ、漸次衰弱する。

昭和八年（一九三三）三十八歳
僅かに歩行可能、この間つとめて肥料の相談を受け、或いは読書等のため、病気は一進一退をくりかえす。

二月、吉田一穂編輯の「新詩論」第二号に「半陰地撰定」を発表。この頃より、古人の書を手本として習字を始める。

六月、詩稿及び文語詩の浄書を始め、自製の原稿用紙で二百枚以上に達する。

八月十五日、「文語詩稿」五十篇を推敲。

八月二十五日「文語詩稿」百篇を推敲。未定稿約八十篇あり。

九月十九日、花巻町鳥谷崎神社祭礼の最終の夜八時頃、神輿渡御を門口に出て拝する。


九月二十日、病勢急進、たまたまその夜肥料設計の相談に来た農人あり。病態をも顧みずねんごろにその指示をしたため甚だしく疲労する。

九月二十一日、午前十一時三十分、容態急変。既に死期の迫れるを知り、父に遺言。「国訳妙法蓮華経全品約一千部を出版し、知己の方にお贈り頂きたい。校正は北向氏、表紙は赤色、その後記に『私の全生涯の仕事は、此の経典をあなたのお手許におとどけして、その仏意に触れて、無上道に入られることを』であったといふ意味を記して欲しい。後はまた起きて書きます。」と。父がその態度を賞すると、満足気に微笑した。

一時三十分、自らオキシフルを脱脂綿に浸して、身体を拭き終り、永眠。

宮沢賢治の世界

1970年 8 月10日　　新装版第 1 刷発行
2009年 5 月15日　　改装版第 1 刷発行

著　者　谷川徹三

発行所　財団法人 法政大学出版局
〒102-0073 東京都千代田区九段北3-2-7
電話03 (5214) 5540／振替00160-6-95814

印刷：三和印刷／製本：鈴木製本所

ISBN978-4-588-46011-1
Printed in Japan